少林棍王 소림곤왕

한성수 新무협 판타지 소설

FANTASTIC ORIENTAL HEROES

소림곤왕 8

한성수 新무협 판타지 소설

초판 1쇄 찍은 날 § 2010년 3월 4일
초판 1쇄 펴낸 날 § 2010년 3월 11일

지은이 § 한성수
펴낸이 § 서경석

편집장 § 문혜영
편집 § 주소영

펴낸곳 § 도서출판 청어람
등록번호 § 제1081-1-89호
등록일자 § 1999. 5. 31
어람번호 § 제2-1898호

주소 § 경기도 부천시 원미구 심곡2동 163-2 서경B/D 3F (우) 420-822
전화 § 032-656-4452 팩스 § 032-656-4453
http://www.chungeoram.com
E-mail § chungeoram@chungeoram.com

ISBN 978-89-251-2107-9 04810
ISBN 978-89-251-1861-1 (세트)

8

少林棍王 소림곤왕

이강제유(以剛制柔)

한성수
新무협 판타지 소설

FANTASTIC ORIENTAL EPOS

청람

目次

第七十章

양문여장(楊門女將)

少林
棍王

소림곤왕

곤명(昆明).

운남의 성도(省都)인 이곳은 춘성(春城)으로 불려질 만큼 사
계절 기후 변화가 크지 않다. 또한 중원 최남단 운귀고원(雲貴
高原)에 위치해 있는데, 한족은 물론 회족(回族), 백족, 묘족,
합니족(合尼族) 등의 이십여 개 소수민족이 존재할 만큼 민족
구성이 복잡하다.

서산(西山).

곤명의 서쪽에 위치한 이 수려한 경관의 산 앞에는 광활하
다는 표현이 어울릴 듯한 곤명호(昆明湖)가 펼쳐져 있었다.

그곳을 그대로 내려다볼 수 있는 용문도관(龍門道館)은 삼백 년 전통의 서산파(西山派)가 있는 곳이었는데, 근래 아주 커다란 참극에 휘말렸다.

포달랍궁 라마들의 전격적인 기습!

운남 전체를 통틀어 십강 안에 든다고 알려진 서산파이나 힘 한 번 써보지 못하고 점령당해 버릴 수밖에 없었다. 압도적인 전력 차를 이겨낼 수 없었기 때문이다.

그 와중에 장문인을 비롯한 몇몇 고수들은 황급히 용문도관을 버리고 탈출했는데, 운남의 맹주인 대리 점창파가 목적지였다. 그 외엔 포달랍궁의 포악스런 공세를 막아낼 수 있는 곳이 없다는 판단이었다.

다시 수일이 지났을 때다.

포달랍궁은 완벽하게 곤명 일대의 무림계를 장악하는 데 성공했다. 서산파가 무너졌다는 소식만으로 주변의 십여 개나 되는 문파가 일제히 항복의 뜻을 밝혀왔다. 손 안 대고 코를 푸는 형국이었다.

허름한 도관.

얼마 전까지 곤명 서산파의 장문인인 타뢰추풍보(拖雷追風步) 선현자(仙賢子)가 머물던 장소이다. 도학에 일로정진하던 고인의 거처였다고 할 수 있겠다.

그런데 이게 어찌 된 일인가!

지금 문틈을 통해 흐릿하게 흘러들어 오는 햇살 사이로 하이얀 나신이 현란한 움직임을 보이고 있었다.

　자세히 보면 하나가 아니다. 둘이다.

　두 명의 남녀는 지금 완전히 하나로 뒤엉켜 있었다.

　바짝 밀착된 채 아주 적극적으로 서로의 몸을 탐닉하는 데 아주 많은 시간을 할애하고 있었다.

　자연스러운 흐름이랄까?

　사내의 밑에 깔려 옹알거리고 있던 여인의 입에서 연신 흐느낌에 가까운 신음이 흘러나왔다. 열락이다. 환희다. 절정이 임박해 있었다.

　결국 흐느낌과 함께 비명을 내지른다.

　"하악!"

　순간 사내가 몸을 경직시키더니, 조금 있다 천천히 여인에게서 떨어져 나왔다.

　아주 잘생긴 얼굴의 사내다.

　몸매 역시 조각 같은데, 특이하게도 눈에서 금빛을 흘려내고 있었다. 수일 전 포달랍궁의 정예와 함께 서산피를 제압한 잔혹마군 냉고성이 환골탈태한 후 얻은 특징이었다.

　사락! 사라락!

　냉고성이 쾌락의 잔재를 즐기며 드러누워 있는 사이 바닥에 널브러져 있던 여인이 천천히 옷을 걸쳤다. 한켠에 아무렇게나 내동댕이쳐 났던 화복을 걸쳐 입고 흐트러졌던 머리 역시 가지런히 정리해 살짝 위로 틀어 올린다.

그렇게 본색을 드러낸 얼굴.

구슬같이 맑고 아름다운 용모에 감탄사를 흘린 자라면 곧 눈살을 찌푸리고 말 터였다.

얼굴의 한쪽, 기다란 흉터가 지렁이처럼 남겨져 있다.

본래 매우 아름다웠던 얼굴이기에 흉터가 남긴 잔상은 더욱 컸다. 전체적으로 아름답다기보다는 기괴한 심사를 느끼게끔 만드는 것이다.

당소교.

그녀는 전날 철담협개를 암습하여 중상을 입힌 후 냉고성과 함께하게 되었다.

납치를 당했다고 하긴 어려웠다.

중간에 충분히 그를 떠날 수 있는 기회가 있었음에도 그녀는 그리하지 않았다. 다신 당가로 돌아갈 수 없는 몸이 되었다는 판단 때문이다.

그러는 사이 그녀는 자구책을 강구해야만 했다.

툭하면 그녀의 몸을 탐하려 했던 냉고성이다. 유백온에 대한 순수한 사랑을 지키기 위해선 그의 관심에서 멀어질 필요성이 있었다.

그녀가 내린 결정은 자해였다.

냉고성이 다른 데 정신을 판 사이 얼굴을 망쳤다. 유백온과 맺어지지 못하게 된 이상 예쁜 용모를 계속 유지할 필요성이 없다는 판단이었다.

그러나 그때 그녀가 예상치 못했던 일이 발생했다.

얼굴이 피투성이가 된 그녀의 모습은 오히려 냉고성의 잔혹한 심성을 자극했다. 고문으로 단련된 그의 변태적인 성욕에 불을 당겨 버린 것이다.

결과는 참혹했다.

냉고성은 당소교를 무자비하게 겁탈했고, 그 후 그녀는 완전히 자포자기하게 되었다. 더 이상 지켜야 할 것도 지킬 것도 없어져 버렸다. 정신의 한구석이 붕괴되어 버린 것도 무리는 아니었다.

그녀의 태도가 바뀐 건 근래 들어서였다. 냉고성과의 관계가 진행되어 감에 따라 점차 집착을 보이기 시작했다. 바로 지금처럼.

문득 당소교가 건조한 목소리로 말했다.

"이곳에선 얼마나 있을 건가요?"

"글쎄?"

냉고성이 천천히 몸을 일으켰다. 어느새 손에는 장포가 들려져 있다.

당소교가 황급히 말했다.

"바로 가려고?"

"그래."

"또 그년한테 가는 거지!"

당소교의 목소리에 표독함이 삐죽 튀어나왔다. 당장 냉고성에게 손톱이라도 들어 올릴 기세다.

냉고성은 개의치 않았다.

그녀의 이런 성격은 그리 새롭지도 않다. 원하던 건 충분할 만큼 얻었으니 되었다.

슥!

재빨리 장포를 걸치고 의관을 정리한 냉고성이 자리에서 일어섰다. 여전히 당소교 쪽엔 시선조차 주지 않는다.

울컥!

당소교가 더욱 화난 표정이 되었다. 눈빛이 새파랗다. 그러나 그녀는 더 이상 냉고성을 붙잡지 않았다. 그녀 역시 그의 성격을 아는데다 더욱 비참해지고 싶지 않았기 때문이다.

"다음에 보지."

"……."

기계적인 한마디만을 남기고 냉고성이 떠나갔다. 당소교는 입을 굳게 다물고 있었다. 눈빛에 담겨 있는 새파란 독기만 조금 더 진해졌을 뿐이었다.

'그년, 언젠가 죽여 버릴 테다! 그리고 다음은 냉고성, 바로 네놈이다! 반드시 날 이렇게 만든 너희 연놈을 모두 죽여 버리고 말 거야!'

당소교는 내심 부르짖었다. 그렇게 하지 않고선 울어버릴 것 같았다. 절대 그런 짓을 할 수 없었다.

도관을 빠져나온 냉고성은 걸음을 빨리했다.

급해지는 마음.

당소교를 통해 욕정을 풀자마자 미칠 듯한 목마름이 다시 찾아들었다. 아주 오래전부터 갈구하고 있던 감요진을 보고 싶다는 광기 어린 마음이었다.

'여전히 그년은 나한테 눈길 한 번 주지 않을 것이다. 법왕의 환몽사안에 제압되어 인형이나 다름없이 된 주제에. 하지만 이 미칠 듯한 그리움은 무어란 말이냐!'

갈구!

지금 냉고성의 내심에 대한 아주 적당한 표현이다.

그는 대법대불왕이 맡긴 감요진에게 지독한 집착을 느끼고 있었다.

사랑?

그런 건 잘 모르겠다.

평생 단 한 번도 해본 적이 없기에 그렇다. 해본 적이 없으니, 어찌 하는 것인지도 모른다. 사실은 아예 관심조차 가져본 적이 없었다.

그러나 당소교 같은 계집에게 느끼는 욕정과는 다르단 건 안다. 그런 짐승적인 게 아니었다. 좀 더 섬세하고 사람을 미치게 만드는 그런 감정이었다. 느낌이었다.

그게 지금 다시 냉고성을 사로잡고 있었다. 살아 숨 쉬는 인형이나 다름없는 감요진을 향한 걸음을 빨리하게 만들었다. 점차 숨결이 거칠어지게 만들었다.

그렇게 얼마나 걸었을까?

곤명호가 내려다보이는 서산의 용문석굴을 따라 만들어져 있는 일종의 암굴이 눈에 들어왔다.

서왕모동(西王母洞).

다산과 부를 비는 북두(北斗)와 칠성좌를 거느린 여신의 입가에는 온화한 미소가 걸려 있었다. 흡사 천하의 어떤 자라 해도 구원을 줄 법한 얼굴이다.

냉고성은 일견조차 하지 않았다.

그는 서왕모상의 뒤로 난 기다란 동굴 속으로 빠른 걸음으로 걸어 들어갔다.

서늘하다기보다는 음습한 느낌이 강하다.

서왕모동의 내부는 동굴답게 어둡고 습했다. 만약 조금만 더 깊었다면 온갖 독물과 이물이 서식하고 있었을지도 모르겠다.

드르륵!

동굴 안을 가려놓은 두터운 나무 문이 열리자 흐릿한 불빛조차 없는 그곳에 웅크리고 있는 한 여인의 모습이 보인다.

황금빛의 가사.

파리할 정도로 하얀 얼굴.

물끄러미 냉고성을 올려다보는 감요진의 눈빛에는 영혼이 담겨져 있지 않았다. 한때 보는 이를 후끈 달아오르게 했던 요염함이 백치미로 바뀌어 버린 것이다.

'변함이 없군.'

냉고성은 목이 타는 걸 느꼈다.

언제나 그렇다.

눈앞에 보이는 절세미모의 여인은 단지 존재, 그 자체만으로 그를 미치게 만들었다. 대법대불왕의 환몽사안에 이지가 제압된 인형이라도 좋았다. 그런 걸 전혀 개의치 않을 만큼 그녀를 간절히 원하는 자신이 분명히 존재하고 있었기 때문이다.

잠시뿐이었다, 이런 목마름은.

곧 평소의 이성을 회복한 냉고성이 전날 가져다 놨던 은쟁반 위의 음식물이 그대로인 걸 보고 눈살을 찌푸렸다. 눈앞의 인형은 가장 기본적인 허기마저 달랠 줄을 모른다. 마치 죽고 싶기라도 한 것처럼 말이다.

"그럴 리가 없지, 그렇게 살고자 했던 계집이……."

나직한 뇌까림과 함께 냉고성이 은쟁반을 집어들고 감요진에게 다가들었다.

후욱 하고 밀려드는 내음.

다시 냉고성을 미치게 만든다. 방금 전 당소교를 통해 충분할 만큼 욕정을 풀었던 일이 무색해질 정도다. 당장에라도 다시 눈앞의 인형 같은 여인을 덮치고 싶은 것이다.

으득!

냉고성이 이를 악물었다. 심부 깊숙한 곳으로부터 치솟아오르는 욕정을 참아냈다. 눈앞의 여인만은 절대로 함부로 취하고 싶지 않았다.

잠시간의 정적.

결국 자신의 욕망을 이겨낸 냉고성이 은쟁반에 담겨 있던 음식을 조금씩 떼어내 감요진에게 먹이기 시작했다.

아기를 이런 식으로 다루는가?

인형이 된 그녀의 입속으로 쟁반에 담겨 있던 음식물을 밀어 넣었다. 토악질을 하지 않도록 줄곧 등을 두드려 줬음은 물론이었다.

그렇게 쟁반이 텅 비었다.

그제야 만족한 냉고성이 조심스레 감요진을 품에서 떼어냈다. 계속 그녀와 함께 있는다는 건 그에게 지옥이나 다름없었다. 그만큼 정신적인 압박이 심했다.

"환몽사안에 당한 것만은 아닐 테지? 법왕께서 이런 인형이 되어버릴 이유는 없다고 했으니까 말야. 하지만 괜찮다. 아직 시간은 많이 남았다. 반드시 널 예전으로 돌아가게 만들거다, 이 내가."

"……."

냉고성의 다짐은 헛된 메아리나 다름없었다. 눈앞에 있는 감요진에게 전달되지 않았다. 여전히 백치나 다름없는 눈빛을 보면 안다.

잠시 더 감요진을 지켜보던 냉고성이 결국 신형을 돌려세웠다. 언제나와 마찬가지로 그녀의 이런 모습을 계속 지켜보고 있는다는 건 그에게 너무 큰 고통이었다.

그렇게 다시 찾아든 어둠.

그 속에 홀로 남겨진 감요진의 백치안에서 문득 기묘한 흔들림이 보였다. 여태까지 계속 그녀를 보살펴 왔던 냉고성조차 느끼지 못했던 미묘한 변화였다.

'자… 건……'

끝이 보이지 않는 어둠 속에 갇혀진 그녀의 심부 깊숙한 곳에 남겨진 유일한 불빛이었다. 냉고성으로선 결코 도달할 수 없던 그곳에 남겨진.

*   *   *

태화전.

연평왕부 측 인사들과 함께 신무문을 넘은 철담협개의 현재 모습을 봤다면 손녀 이가흔은 배를 붙잡고 뒹굴었을 터였다. 제자 목진풍은 터져 나오는 웃음을 참느라 자칫 사레가 들었을지도 모르겠다.

그만큼 철담협개의 현재 모습은 가관이 아니었다.

완전히 어색했다.

그는 푸른색 비단으로 된 예복을 입었고, 머리에는 사각으로 된 관모를 썼다. 길게 밑으로 내려뜨린 머리 역시 예전의 봉두난발과는 거리가 멀었고.

암튼 목욕물을 거진 열다섯 통이나 비워야만 했던 목욕 끝에 그의 현재 모습은 아주 말끔해져 있었다. 얼핏 보면 부유한 거상처럼 보이는 행색과 꽤나 잘 어울린다. 물론 그와 일견조차 없는 자들이나 그런 생각을 할 터이지만.

다행이랄까?

철담협개는 혼자가 아니었다.

그의 뒤에는 근래 거의 충성맹세를 한 것이나 다름없는 삼인의 고수가 함께하고 있었다.

당연한 일이지만 그들 역시 제법 복색을 갖췄다. 모두 철담협개보다는 그럴듯하게 적응하고 있었다. 그들 중 어느 누구도 거지 출신은 없었기 때문이다.

근질! 근질!

드넓은 태화전의 한켠에 서서 철담협개는 자꾸 몸을 이리저리 움직여 댔다.

거의 삼십여 년 만의 목욕이다.

비단옷을 입은 건 거의 평생 최초인 듯하다.

평소 경험해 보지 못한 일을 연달아 몇 가지나 만났으니 몸이 꼬이고 근지럽지 않을 리 만무하다.

바짝 긴장한 표정을 한 채 그의 뒤에 서 있던 요승 풍오 두타가 조심스레 말했다.

"저기 선배님, 조금 자제를 해주심이……."

"자제?"

"문무백관들과 황족들이 잔뜩 모여 있는 자리가 아닙니까? 자꾸 그리 몸을 움직이시면……."

"무덤을 파서 인골의 독을 흡취하던 녀석이 언제부터 그리 점잖아졌던고?"

"……."

풍오 두타가 안색이 창백해져서 재빨리 주위를 살폈다.

이번 황궁연회의 경호는 동창과 금의위에서 맡고 있었다. 모두 육선문 제일이라 불릴 만큼의 정예였다. 비록 풍오 두타가 절정 급의 고수이긴 하나 신경이 쓰이지 않을 수 없었다.

곁에 있던 묘검객 용대성과 위진백변장 화목승 역시 점잖게 철담협개의 말에 찬동하고 나섰다. 언제 풍오 두타와 함께 언평왕 납치 사선을 함께 처리할 것을 합의했냐는 듯 냉정한 태도 변화다.

"그렇소. 풍오 두타는 제 주제 파악이나 하시오."

"태행산에서 떨친 악명을 생각한다면 그냥 얌전히 계시오. 자칫 잘못해서 동창이나 금의위의 뇌옥(牢獄)에 붙잡혀 간다면 곤란하지 않겠소이까?"

'이, 이놈들이⋯⋯.'

풍오 두타가 눈을 실눈으로 만든 채 입을 굳게 다물었다. 철담협개에게 간이고 쓸개고 다 빼줄 듯한 두 사람의 행동에 어이가 완전히 없어져 버렸다.

그러거나 말거나 철담협개는 여전히 몸을 이리저리 뒤척 거리며 황족들과 대소신료들을 살폈다. 그들 중 반드시 연평 왕 납치 사건이나 곤왕 유대유와 관련있는 자가 있으리란 판 단이었다. 이번 기회에 어떻게든 단서를 확보해야만 했다.

'그런데 자건, 그 아이는 어디서 뭘 하고 있는지 모르겠구 나? 필시 그 아이도 이번 황궁연회 중 어떻게서라도 자금성에 침입하려 했을 터인데⋯⋯.'

북경에 도착한 후 엽자건과는 아직 만남을 갖지 않았다.

일단은 따로 행동한 후 정보를 취합할 작정이었다. 이번 일 이 그리 쉽사리 해결할 수 있는 사안이 아님을 충분할 만큼 짐작하고 있었기 때문이다.

그런 그를 향해 연평왕부의 총관인 왕식겸이 불편한 눈빛 을 던져 왔다.

이곳은 자금성이다.

조금 멀찍이 떨어져 있다곤 하나 중원의 주인인 황제 가정 제와 그의 비빈이 잔뜩 모여 있었다. 동창의 제독태감 구양백 과 대학사 엄숭으로 대변되는 대소신료들 역시 눈을 번뜩이 길 쉬지 않았다.

가뜩이나 근래 연평왕 납치 사건으로 체면이 땅에 떨어진 터였다. 이런 의관이나 복색조차 제대로 수용치 못하는 자와 함께하고 있다는 건 참 어처구니없는 일이었다.

그러나 왕식겸은 참아냈다.

이곳에 오기 전 왕비 채씨한테 엄한 당부를 들었다. 주군인 연평왕을 구출해 낼 단서를 찾기 위해 모인 고절한 무림인들의 편의를 어떻게든 봐주지 않을 도리가 없었다.

'슬슬 황궁연회도 끝이 날 시간이다. 제발 그때까지만 문제가 발생하지 않았으면 좋겠구나.'

진심이다.

그는 정말 간절하게 그리 생각하고 있었다.

둥둥둥둥둥!

눈을 어지럽히던 공연이 끝났다. 어느새 시간은 정오에 이르러 태양이 자금성의 황금색 기와를 화려하게 빛내주었다.

천하에 이와 같은 장관이 또 있을까?

자금성을 이루고 있는 구중천의 무수히 많은 전각의 지붕 위를 장식한 황금색 기와들이 찬연한 빛으로 물들었다. 흡사 이 순간 자금성은 황금으로 만들어진 천상의 성처럼 보인다. 필시 그와 같은 점을 고려해 축성했음이 분명하다.

"쳇! 황제는 꽤 좋은 데에서 사는군."

움찔!

엽자건의 나직한 중얼거림에 풍월예인단을 이끄는 단장 역할을 맡은 이대취가 화들짝 놀란 표정이 되었다. 주변을 이리저리 둘러보는 모양새가 남빈로 흑방의 우두머리답지 않게 잔망스럽다.

피식!

송지하가 입가에 미소를 매달았다. 이대취가 어떤 생각을 하고 있는지는 대충 짐작이 간다. 시정판을 돌아다니던 잡배가 자금성에 들어왔으니, 눈이 휘둥그레지고 마음은 바짝 타들어가고 있을 터였다.

엽자건에게도 눈길이 간다.

그 또한 자금성은 처음이었다. 무공이 고강하고 빼어난 예인이나 전혀 위축되지 않아 보이는 모습이 이채롭다.

'역시 내가 사람을 잘 본 것이겠지? 그와 함께라면 구양백의 눈에 확실히 들 수 있을 것이다.'

함께!

왠지 모르게 감미롭게 느껴지는 말이다. 문득 송지하는 낯이 뜨거워지는 걸 느꼈다. 엽자건과 함께 공연하고 있을 때 가끔 느끼곤 했던 일이나 평상시엔 처음이다. 극에 몰입하지 않은 상태에서 이런 일을 경험한 적은 없었다.

"……."

송지하가 얼른 엽자건에게서 시선을 떼어냈다. 호흡 역시 가볍게 가다듬는다.

그때 다시 커다란 북소리가 울려 퍼졌다.

다음 차례를 재촉하는 소리!

이번에는 드디어 풍월예인단의 공연 차례였다. 슬슬 황궁 연회도 절정을 향해 달려갈 차례가 된 것이다.

"그럼 가볼까?"

엽자건이 나직한 일갈과 함께 가장 먼저 앞으로 뛰어나갔다.

바람몰이다.

가장 중요하면서도 필요한 역할을 자처했다, 단역을 맡은 송지하를 한껏 띄워주기 위해서.

"꿀꺽!"

얼굴에 무료한 기색을 군이 감추지 않고 있던 동창제독 구양백의 목울대로 침 한 모금이 넘어갔다.

눈빛 역시 바뀌었다.

언제 억지로 하품을 참고 있었냐는 듯 날카롭게 빛나고 있다. 그만큼 눈앞에서 공연되고 있는 양문여장(楊門女將)은 꽤나 흥미로웠다. 잡극에 대한 견식이 깊은 그의 흥미를 아주 심할 정도로 동하게 만들었다.

곁에 바짝 달라붙어 있던 첩형 조개가 슬며시 알은척을 하고 나섰다.

"저 양문여장은 제법입니다. 역시 고래의 무수히 많은 건

곽영웅(여인 중 영웅이 된 자를 뜻함)들 중 최고는 양문여장에 등장하는 양업의 부인 사새화인 게지요."

"자네가 잡극에 나름 조예가 있구만?"

"그리 대단할 건 없습니다. 소싯적에 양가장연의(楊家將演義)에 관한 고사를 즐겨 읽었기에 조금 관심을 가지고 있었을 뿐입니다."

"그렇군."

구양백이 대수롭지 않다는 듯 대답했다. 조개가 아는 걸 그가 모를 리 없다. 오랜만에 보게 된 수준 높은 잡극 공연이다. 그의 대수롭지 않은 얘기를 듣느라 한 장면이나마 놓치고 싶은 생각은 없었다.

조개는 눈치로 첩형에 오른 자이다.

구양백이 자신의 얘기에 별 관심이 없어 보이자 얼른 입을 다물었다. 그가 눈앞에 공연이 집중하고 있는 모습을 보자니, 내심 괜스레 말을 건 것이 후회되었다. 문득 뇌리를 스쳐 가는 생각이 있었기 때문이다.

'흠! 그러고 보니 사새화 역할을 맡은 배우의 용모가 아주 훌륭하지 않은가?'

구양백을 곁에서 모신 지 제법 되었다.

그의 독특한 성적 취향을 아직까지 파악하지 못했을 리 없다.

문득 눈을 빛낸 그가 슬그머니 구양백으로부터 떨어져 나왔다.

까닥! 까닥!

그가 손가락으로 조용히 불러들인 건 금일 태화전 경호를 맡은 이준이란 수하였다. 눈치가 빠르고 입이 무거워서 근래 꽤나 신임하고 있는 자였다.

"지금 공연하고 있는 녀석들이 어찌 되지?"

"풍월예인단이라고 합니다. 서른 개의 예인단이 모여들었는데 우승을 한 자들이지요."

"공연이 끝나자마자 단장을 내게 불러오도록."

"예!"

이준이 얼른 복명한 후 본래 자신이 있던 자리로 돌아갔다.

아직 공연 중이었다.

황제와 문무백관이 잔뜩 모여 있는 상태에서 움직일 까닭은 없었다.

풍월예인단이 우레와 같은 반응 속에 양문여장 공연을 끝마쳤을 때였다. 갑자기 늘어지게 기지개를 켜 보인 황제 가정제가 뒤에 시립해 있던 병필태감 이원식에게 무심히 말했다.

"아직 더 남았나?"

"공연이 세 개 정도 더 남았습니다."

"더 볼 것 있겠나?"

"예?"

"더 이상의 공연을 기대할 수 없겠다는 말이야. 그러니 오늘은 이만 끝내도록 하지."

"······!"

이원식이 뭐라 대답하기도 전에 가정제가 옥좌에서 비대한 몸을 일으키더니, 뒤도 돌아보지 않고 퇴장했다. 가장 가까운 곳에서 보좌하고 있던 이원식은 둘째치고 국정 전반을 맡고 있는 엄숭이나 구양백에게 일별조차 주지 않은 채였다.

"이, 이런······."

엄숭이 황망한 표정으로 자신만을 바라보고 있는 대소신료들을 바라봤다.

그는 명예에 목숨을 거는 사대부다.

이런 식으로 누군가에게 무시를 당하는 것에는 익숙지 않다. 그게 주군으로 모시는 황제라 해도 말이다.

구양백은 입가에 조소를 담았다.

애초부터 그는 근래 황제 가정제가 이상했다는 걸 알고 있었다. 사실 지극히 속된 자인 엄숭에게 국정 전반을 맡기고 있다는 것부터 이상하다.

'그나저나 조개가 적당히 일을 처리했을 테지?'

조개를 첩형까지 올린 건 그가 아주 뛰어난 인재여서가 아니다. 눈치가 빠르고 계속 자신의 눈에 들 기회만을 노리고 있기 때문이었다.

방금 전 본 공연은 아주 좋았다.

특히 주인공 사새화 역할을 맡은 단역이 아주 입맛을 돋웠다.

보기 드물게 훌륭한 예인이다.

실력과 미모를 함께 겸비하고 있었다.

'오늘 밤은 오랜만에 즐겁게 보낼 수 있겠군. 잠도 편케 잘 수 있을 것 같고 말야.'

구양백의 입가로 어쩔 수 없는 미소가 흘러나왔다.

으득!

엄숭이 이를 갈았다.

가정제가 갑자기 태화전을 떠나는 바람에 황궁연회를 끝까지 끝내지 못하게 되었다. 자신과 함께 대소신료들과 황족들을 처리하지 않고 있는 구양백의 모습이 결코 보기 좋을 리 만무했다.

그러다 그의 입꼬리가 슬며시 치켜 올라갔다.

방금 전의 공연 중 확인한 사실이 하나 있다. 자신의 칼인 송지하가 풍월예인단에 속해 있다는 점이었다. 아주 훌륭하게 예인으로 화해 구양백을 홀릴 만한 공연을 펼쳐 보인 것이다.

'변태 고자 녀석! 네 목숨이 이젠 얼마 남지 않았구나. 오늘 밤 송지하를 건드린다면 반드시 보복할 테니까 말이다.'

자신이 쓰는 칼의 특성조차 모를 엄숭이 아니다.

누구보다 자존심이 강한 자!

그게 바로 오랫동안 엄숭의 비호하에 날카로운 칼날을 벼르게 된 송지하였다.

그가 몸을 던졌다.

상대가 동창의 수반인 구양백이었기 때문이다.

그렇다고 하여 굴욕을 잊어버릴 리 만무했다. 반드시 연평왕 납치 사건과 곤왕 유대유 유폐 사건의 배후를 캐낸 후 보복할 터였다. 여태까지 항상 그래 왔듯이 말이다.

그럼 동창은 누구에게 맡겨야 할까?

엄숭은 일시 즐거운 상상에 빠져 기분이 좋아졌다. 잘하면 이번 기회에 황실과 중앙 정부의 권력 대부분을 수중에 넣을 수도 있겠다는 생각이 들었다.

*   *   *

부르르!

철담협개가 갑자기 어깨를 가볍게 떨어 보였다.

절대지경을 넘보는 대고수!

천하에 상대할 자가 몇 없는 그가 느닷없이 한기의 침습을 받았을 리 없다. 사실 아직 북경은 화창하여 추위를 크게 느낄 만한 날씨 역시 아니었다.

그를 떨게 만든 건 다름 아닌 황제 가정제였다.

조금 전까지 그는 은밀히 내기를 움직여서 태화전에 모여 있는 황족과 문무백관들을 살피고 있었다.

이유는 자명하다.

이번 곤왕 유대유의 유폐나 연평왕 납치 사건의 배후가 일반인일 리 만무했다. 필시 무림이나 황궁에 알려지지 않은 숨은 고수일 거라 생각됐다.

논리가 아니다.

아주 오랫동안 강호 무림을 돌아다니며 무수히 많은 사건 사고를 경험하고 해결한 경험에 의한 판단이었다. 보통 이런 식으로 배후를 압축하는 게 아주 효과적이었다. 적당한 무력을 동원한 협박과 함께 말이다.

그런데 갑자기 말도 안 되는 일이 벌어졌다.

은밀히 내기를 움직이던 철담협개의 뇌리 속으로 무시무시한 기운이 파고들었다. 마치 그의 방문을 기다리기라도 했던 것처럼 순식간에 덮쳐들더니, 아주 정신을 혼란스럽게 뒤흔들어 놨다.

잠시뿐이었다.

그 같은 기운은 곧 철담협개을 놔주고 사라졌다. 가정제가 태화전을 벗어난 것과 동시에 벌어진 일이었다.

'바, 방금 전 뭐였지?'

철담협개는 가까스로 정신을 회복한 후 잠시 동안 얼떨떨한 표정이 되었다.

평생 처음이다.

이렇게 아무것도 못해볼 만큼 무력감을 느낀 것은.

고개를 절레절레 흔들고 있는 철담협개를 몰래 훔쳐보고 있던 풍오 두타가 남몰래 비웃음을 입가에 담았다.

'흥! 늙은 비렁뱅이, 잘난 척은 혼자 다 하더니, 그다지 찾아낸 것도 없어 보이는구나. 하긴 지가 무슨 용빼는 재주가 있어서 이 많은 사람들 사이에서 연평왕을 납치한 배후자를 찾아낼 수 있겠어.'

정사 중간이라곤 해도 사파 쪽에 가까운 풍오 두타다.

정파의 대협객인 철담협개가 마음에 들 리 만무했다. 특히 그가 자신을 툭하면 멸시하는 게 아주 기분 나빴다. 어떻게든 실패하길 바랄 수밖에 없었다.

그런데 그때 철담협개가 문득 눈에 신광을 담았다. 입가에는 흐릿한 미소마저 감돌고 있다.

'엇!'

풍오 두타의 낯빛이 안 좋아졌다.

철담협개가 무언가를 찾아냈음을 눈치챈 까닭이었다. 그게 뭔지는 아직 모르겠지만.

'쳇! 철담협개 선배님을 이런 곳에서 만나게 될 줄 알았다면 괜히 고생고생하며 예인단을 꾸리는 게 아니었는데⋯⋯.'

엽자건이 내심 혀를 찼다.

아주 마음에 없는 소리다.

그는 지난 수일간 풍월예인단과 함께 매우 즐겁게 공연 준비를 했다. 사부 보종을 따른 이후 이렇게 수준 높은 예인들과 함께 대규모 극을 준비한 적이 없었기 때문이다.

어쨌거나 이제부터 고심할 차례였다. 바로 철담협개와 합류해서 정보를 교환하거나 애초의 계획대로 풍월예인단과 함께하거나.

싱긋!

문득 엽자건의 입가에 미소가 떠올랐다.

이대취 쪽으로 동창의 복색을 한 위사 한 명이 다가들고 있었다. 송지하와 대충 세웠던 계획이 예상 이상으로 잘 맞아떨어지고 있는 것이다.

'이리되면 일단 철담협개 선배님과 합류하는 건 잠시 뒤로 미뤄야 하는 건가?'

이미 마음의 결정은 내려졌다. 길게 고민할 필요는 없었다.

이대취가 외눈을 동그랗게 떴다.

예정보다 일찍 끝난 황궁연회의 뒤풀이가 채 끝나지 않았을 때였다.

어쩌다 보니 마지막 공연자가 되어버린 풍월예인단의 명목상 단주인 그에게 동창의 위사 한 명이 다가들었다. 얼마 전 첩형 조개의 밀명을 받은 이준이었다.

"예?"

말귀를 못 알아듣는 표정이 여실한 이대취의 모습에 이준이 차가운 살기를 일으켰다. 이런 종류의 작자들은 적당히 무력으로 압박을 가해야 말귀가 트인다.

픽!

갑자기 발로 이대취의 복부를 걷어차 입을 딱 벌리게 만든 이준이 방금 전 한 말을 천천히 반복했다. 절대 세 번 말하진 않을 요량이다.

"너희 풍월예인단은 오늘 밤 자금성을 떠나지 않는다. 숙소를 마련해 줄 테니, 명을 기다리고 있거라."

"컥! 컥!"

이대취는 대답 대신 숨넘어가는 소리를 내었다.

근래 꽤나 자주 얻어맞았다.

지난 십수 년간 당한 구타보다 숫자가 더 많다. 고통의 정도는 말할 것도 없었다. 아주 사람을 잡는다. 중간에 맞아죽지 않은 게 용하다고 생각될 정도였다.

그렇다고 이런 상황에서 그냥 가만있어선 안 된다.

그는 연신 입을 붕어처럼 뻐끔거리며 고개를 조아렸다. 눈앞에 있는 이준의 명을 확실히 알아들었다는 걸 알리려 죽을 힘을 다해 노력했다. 그게 조금이라도 덜 맞는 길임을 충분한 경험을 통해 알고 있었다.

'흥! 역시 시정잡배로군.'

이준이 내심 차가운 코웃음과 함께 이대취로부터 시선을 떼어냈다.

이런 자들은 익숙하다.

몇 대 적당히 때리고 권력으로 압박하면 깜빡 죽는다. 적어도 그런 척을 한다.

지렁이도 밟으면 꿈틀한다고?

동창의 막강한 권력 앞에선 그런 거 없다. 그냥 죽지만 않게 만들어놓으면 알아서 기었다. 그런 맛에 스스로 거세를 하고 동창의 일원이 된 것이고.

그때 그의 시선에 들어오는 한 사람이 있었다.

화장을 지우지 않은 하얀 얼굴.

장신의 몸이나 화복을 곱게 차려입은 모습은 어떤 미인가녀 못지않게 곱다. 방금 전까지 양문여장의 사세화 역할을 맡았던 송지하였다.

'과연 절색이로군!'

내심 고개를 끄덕여 보인 이준이 천천히 신형을 돌려세웠다. 이젠 다시 첩형 조개에게 돌아가 명이 있기를 기다리면 되었다. 그게 그의 임무였다.

으쓱!

송지하의 남편인 양업 역할을 맡았던 엽자건이 어깨를 한 차례 추어 보였다.

이준이 송지하를 바라보는 눈빛, 꽤나 부담스럽다.

　과거 소주의 천금공자 시절 나이 많고 돈 많은 귀족 부인네들이나 변태 성향의 사내들이 이와 비슷한 눈빛을 던지곤 했다. 욕정이었다.

　'뭐, 저 친구도 이런 걸 모르진 않았을 테고…….'

　엽자건은 일단 모른 척 넘어가기로 했다.

　송지하는 예인이다. 자존심 정도는 스스로 지킬 수 있는 인물이라 여겼다.

第七十一章

생사귀문(生死鬼門)

少林
棍王
소림곤왕

밤.

푸른 달이 야천 위에 빼꼼히 얼굴을 드러냈다.

가을이 깊어가는 때라 그런지 빛깔이 아주 차갑게 느껴진
다. 입에서 허연 입김이 절로 흘러나오는 것도 그런 생각을
더 확고하게 만든다.

흔들.

환월은 지붕 끝 처마 한켠에 몸을 웅크린 채 잠들어 있다
가볍게 진저리를 쳤다.

꿈이라도 꾼 것인가?

그녀 같은 특급 인자가 그런 실수를 했을 리 없다. 사실 깊

게 잠들어 있지도 않았다. 생각보다 길어진 잠복 기간 동안 체력을 유지하기 위해 가면(假眠)을 취하고 있었을 뿐이다. 그사이 꿈까지 꿨을 리 없다.

'드디어 움직이는가?'

환월이 눈에 이채를 담은 채 신형을 가볍게 뒤로 제쳤다.

빙글!

일순 그녀의 신형이 처마에서 지붕 위로 이동했다. 자세는 편복(蝙蝠)에서 야묘(夜猫)로 바뀌었다. 밤고양이처럼 몸을 있는 대로 웅크린 채 저 멀리 보이는 거대한 고택을 바라보고 있는 것이다.

그와 동시였다.

그녀의 시선이 향하고 있는 고택으로부터 흐릿한 야영인이 모습을 드러냈다.

푸른 달빛을 교묘히 흘려내는 움직임!

인자, 그것도 특급이다. 환월과 비교해도 결코 꿀리지 않을 만한 실력자였다.

'사부님……'

환월은 더욱 호흡을 죽였다. 여태까지도 흔적을 완벽하게 지우고 있었으나 더욱 신중해졌다. 고택에서 빠져나온 사람이 바로 자신의 사부이자 귀살인도의 당주였던 환야임을 한눈에 알아본 까닭이다.

지금까지 바로 이 순간을 위해 기다렸다.

고택에서 사부 환야가 모습을 감출 때까지 몰래 몸을 은신한 채 시간을 죽이고 있었다. 그가 사라진 고택에서 그녀를 상대할 수 있는 자는 아무도 없을 테니까.

그래도 그녀는 신중을 기했다.

이곳은 그녀가 연평왕부에서부터 흔적을 발견하고 추격해 온 종착지였다. 연평왕 납치 사건에 연류되었음이 분명한 귀살인도의 북경 본거지라 판단되었다.

절대 방심해선 안 되었다.

귀살인도를 누구보다 잘 아는 그녀이기에 그러했다. 결코 쓸데없는 노파심이 아니었다.

그렇게 다시 일다경가량의 시간이 지나갔다.

고택으로 환야가 다시 돌아올 기미가 보이지 않자 환월이 고양이 자세를 풀었다. 이젠 움직일 때였다. 고택 안으로 뛰어들어 내부를 염탐해야만 하는 것이다.

슉!

환월의 신형이 일순 자취를 감췄다. 은영술이다.

'정문 쪽에 둘, 뒷문에 셋, 위에 다섯, 아래에 열. 전형적인 방어진을 펼쳐 놨구나!'

고택의 담을 넘은 것과 동시였다.

환월은 단숨에 고택 내부에 은신하고 있는 귀살인도 인자들의 기척을 간파해 냈다.

예상 밖으로 쉬웠다.

고택 내부에 귀살인도 인자들은 고유의 방어진을 펼쳐 놓고 있었다. 어떤 식으로든 외부의 침입이 있을 시 강력한 방어와 살행을 동시에 가할 수 있는 방식이었다.

물론 환월에겐 이 모든 것들이 아주 익숙했다.

단숨에 그녀는 방어진을 돌파했다.

방어진의 허점을 귀신같이 찾아서 침투했다. 그런 식으로 어떤 방해도 받지 않고 고택의 중심부로 파고들었다. 어찌 보면 자신의 옛집을 찾은 것이나 다름없었다.

유리한 점은 그뿐만이 아니었다.

그녀는 귀살인도 인자들의 방어진으로 인해 핵심 지역을 쉽사리 알아냈다. 그들이 궁극적으로 방어하고 있는 어떤 존재가 있는 곳을 간파할 수 있었다.

'저기다!'

은영술을 펼친 상태를 유지하며 잰걸음으로 이동하던 중 환월이 눈을 빛냈다.

고택의 여러 전각군 중 하나!

상당히 외진 곳에 위치해 눈길이 잘 가지 않는 장소가 그녀의 시선을 잡아끌었다. 귀살인도의 방어진 전체가 촘촘한 거미줄처럼 그곳을 향해 뻗어 나와 있는 걸 확인했다.

스스슥!

일순 환월의 움직임이 빨라졌다.

족히 여태까지의 몇 배나 된다. 그 정도의 고속으로 거미줄의 한군데를 끊고 들어갔다. 손 역시 쉬지 않는다.

피핏! 핏!

환월의 소매 속에서 튀어나온 수라표가 회전을 일으키며 어둠 속으로 사라졌다. 공간을 꿰뚫었다.

풀썩! 풀썩!

거미줄 중 한 영역을 맡고 있던 두 명의 인자가 어둠 속에서 무너져 내렸다. 자신들이 어떤 식으로 당했는지조차 모르고 그리되었다.

그 사이로 환월이 물처럼 스며들었다.

더불어 다시 그녀의 손에서 튀어나온 대여섯 개의 수라표!

동료들의 죽음을 감지하고 순간적으로 기척을 드러낸 마지막 방어진을 모조리 쓰러뜨린다. 처음부터 어떤 방식으로 모습을 드러내고 반격을 가해올지를 알기에 할 수 있었던 일이다.

그래서일까?

환월은 단숨에 목숨을 빼앗은 다섯 인자에게 일별조차 던지지 않았다. 곧바로 눈앞에 보이는 허름한 전각 안으로 파고들어 갔다.

그리고 막 문에 손을 가져다 댔을 때였다.

번쩍!

문의 저편에서 갑자기 섬전이 무색한 검은색 광채가 튀어

나왔다.

'생사귀문(生死鬼門)!'

고택을 중심으로 펼쳐져 있던 귀살인도 최강의 방어진인 백귀야행지세(百鬼夜行之勢)의 마지막 방어를 뜻한다. 여태까지 사부 환야가 맡고 있다고 굳게 믿고 있었는데, 착각이었던 듯싶다.

빙글!

환월이 재빨리 뒤로 공중제비를 돌았다.

고양이와 같은 몸짓으로 신형을 위로 띄워 올리더니, 한 손으로 섬돌을 짚고 순식간에 삼 장이나 되는 거리를 벌렸다. 그런 식으로 자신을 노리며 튀어나온 생사귀문의 일검을 피해내려 했다.

짜릿!

아슬아슬했다.

내심 생사귀문을 어느 정도 대비하고 있었음에도 검은색 섬전은 환월의 귀밑머리를 절반이나 베어냈다. 그 정도로 놀라운 빠르기였다.

몸 전체로 오싹한 소름이 돋는 걸 느끼며 환월이 신형을 분산시켰다.

환마무흔경!

더불어 혈호접무에 들어갔다. 처음부터 자신의 최고 절기를 연달아 펼쳐야 할 만큼 방금 전 생사귀문의 일검을 가한 자를 높게 본 것이다.

'승부다!'

환월이 푸른 달빛 위로 뛰어올랐다.

붉은 호접이 되어 단숨에 생사귀문을 깨뜨리려 했다. 그럴 수 있다고 여겼다.

착각이었다.

번쩍!

다시 문을 뚫고 검은 광채가 튀어나왔다.

이번에는 생사귀문의 일격 따위가 아니다. 그랬다면 순식간에 환월이 펼친 환마무흔경을 모조리 따라잡고 혈호접무까지 파훼해 버리진 않았을 테니까.

'큭!'

붉은 호접의 날개가 달빛 아래 떨어져 내렸다. 부서졌다. 두 번째 검은 광채가 그리 만들었다.

더불어 힘을 잃고 추락한 환월.

그녀의 작은 몸이 바닥에 힘없이 떨어져 내리더니, 데굴거리며 굴렀다. 스스로 깨부수고 들어섰던 백귀야행지세의 거미줄 속으로 뛰어드는 것 같은 형세를 자초한 것이다.

잠시만 그러했다.

일순 다시 붉은 호접이 하늘로 날아올랐다..

"크억!"

"커억!"

"크악!"

붉은 호접의 날갯짓에 가장 먼저 도착한 세 명의 인자가 단말마와 함께 바닥을 나뒹굴었다.

번쩍!

그와 함께 다시 세 번째 검은 광채가 튀어나왔으나 이미 늦었다.

어느새 부활한 붉은 호접은 고택의 담장을 뛰어넘고 있었다. 촌각의 망설임도 보이지 않고 도주했다. 연평왕을 깨끗이 포기했음이 분명하다.

덜컥!

생사귀문을 이루고 있던 문이 열리며 한 명의 사내가 모습을 드러냈다.

허리춤에 매달려 있는 건 암도묵검!

환야를 대신해 잠시 생사귀문을 맡고 있던 마령귀사의 눈매가 가늘어졌다.

살기?

그의 눈에 담겨 있는 기운은 보는 이를 진저리치게 만든다. 그냥 곁에 다가드는 것만으로 사람의 심혼을 갈기갈기 찢어발기는 듯하다.

잠시뿐이었다.

곧 마령귀사는 몸 밖으로 배출하던 살기를 거둬들였다. 그와 함께 나직한 뇌까림이 그의 주변을 맴돈다.

"역시 이 일은 환야에게 말하지 않는 편이 좋을 테지. 자신의 하나밖에 없는 딸이 곧 한 줌의 피고름으로 변할 거란 걸 아는 건 그에겐 고문이 될 테니까."

방금 전의 생사귀문에서 그는 묵검을 사용했다.

천하무쌍의 독!

암혈독이 담긴 검기에 격중당한 환월의 목숨이 이미 풍전등화나 다름없어졌다는 건 의심할 여지가 없는 일이었다.

칠흑의 검인 묵검에 담겨진 암혈독은 순수 그 자체였다. 방금 전과 같은 타격이라면 화타나 편작은커녕 대라신선을 만난다 해도 목숨을 건질 수 없을 터였다.

슥!

마령귀사의 신형이 다시 문 안쪽으로 사라졌다. 다시 생사귀문으로 돌아간 것이다. 아무런 일도 없었던 것처럼.

"으득!"

고택을 빠져나와 얼마나 달렸을까?

단숨에 몇 개나 되는 전각과 골목을 지나친 환월이 이를 악물었다.

허리춤이 화끈거린다.

방금 전의 생사귀문에서 한칼을 아주 단단히 맞았다.

그것만으로 그녀가 이를 악물 정도의 고통을 느낀 건 아니다. 고통을 참는 데 이골이 난 터인 그녀에겐 말이 안 되는 일이다. 있을 수 없었다.

그런데도 그녀는 고통에 걸음을 멈췄다.

더 이상 달릴 수 없어서였다. 한 걸음만 더 앞으로 내딛어도 허리를 접은 채 토악질을 해댈 것 같았다. 벌써 목구멍으로 비릿한 것이 마구 치솟아오르고 있었다.

"우웩!"

결국 환월이 바닥에 토악질을 했다.

몇 덩이나 되는 핏물이 검은 덩어리와 어우러진 채 쏟아져 내린다. 피고름이다. 족히 수개월은 썩어서 당장 구더기가 들끓을 것 같다.

아니다. 그럴 수 없을 터였다.

죽은피!

그보다는 독혈(毒血)이었다. 몇 방울만으로 족히 사람을 죽일 수 있을 만큼의 극독이 환월이 토해낸 핏덩이에는 함유되어 있었다. 암혈독이다.

"…이런 말도 안 되는 일이 내 몸에 벌어지다니!"

환월이 해연히 놀랐다.

몇 번의 토악질 끝에 방금 전까지 몸 전체를 장악하고 있던 독 기운이 주던 고통이 소멸했다. 완전하진 않다. 아직도 칼침을 맞은 옆구리는 따끔거리고 속 역시 메슥거린다. 입 안에는 비린내가 아주 심하게 감돌고 있었다.

단지 그뿐이었다. 더 이상 독기는 몸속에 남아 있지 않았다. 하나도 남김없이 몸 밖으로 배출되어 버렸다.

어떻게 이런 일이 가능한 것일까?

잠시간의 생각 끝에 환월은 한 가지 가능성을 떠올렸다.

엽자건이었다.

전날 부친이자 사부였던 환야에 의해 암혈독에 중독된 환월을 구해줬던 그의 독특한 내공진기였다. 그게 아직까지도 몸속에 남아 있다가 비슷한 종류인 묵검의 독을 해소시켜 버린 것이다.

물론 환월이 여기까지 단숨에 떠올린 건 아니다.

그녀는 단지 엽자건의 치료와 이번 일이 어떤 식으로든 관련이 있을 거라 생각할 뿐이었다. 그 이상은 머리가 복잡해져 생각하고 싶지 않았다.

'그렇다는 건 나는 그들에게 이미 죽은 자라는 것이구나. 기회를 잡게 되었어.'

환야만 조심하다 당했다.

다른 강자가 있다는 걸 알게 되었으니 되었다.

다시 귀살인도와 대적하게 된다면 승산이 있다. 죽은 자를 대비하기란 결코 쉽지 않은 일일 테니까.

슉!

환월이 신형을 돌려세웠다. 다시 고택으로 돌아가서 연평왕을 구출해 내기 위함이었다.

＊　　　＊　　　＊

어둠.

얼마 전까지만 해도 화려한 낙조 속에 찬연한 황금빛으로 물들어 있던 자금성을 한순간에 집어삼켜 버렸다.

그래도 불빛이 남았다.

성의 외곽을 둘러 흐르고 있는 해자의 물결이 성안 곳곳에서 흘러넘치고 있는 불빛을 반사하고 있었다. 묘한 분위기를 연출하며 어둠에 저항하고 있는 것이다.

"크허험!"

철담협개는 해자의 물빛을 물끄러미 바라보고 있다 나직이 기침을 터뜨렸다. 눈살 역시 크게 찌푸려져 있다. 수시각전 우연찮게 조우한 엽자건이 마음에 걸리는 까닭이다.

'그러고 보니 본래 잡극 배우 출신이었다고 했던가? 그래도 그런 식으로 자금성에 침투할 생각을 하다니, 참 간담 한번 크구나.'

그 자신은 연평왕부의 힘을 빌렸다.

그러고도 고작해야 황궁연회의 끄트머리에 참가해서 황족들과 관리들을 살피는 게 할 수 있는 일의 전부였다. 그 이후는 좀 더 생각해 봐야 할 사항이라 여기고 있었다.

그런데 갑자기 사정이 달라졌다.

놀랍게도 황궁연회에서 엽자건을 발견했다. 잡극 배우로 분한 그와 눈이 마주쳤고, 단박에 사정을 이해하게 되었다. 전음입밀로 원활한 교류를 나누지 않을 이유가 없었다. 곤왕 유대유를 구출할 수 있는 중요한 교두보를 마련하게 되었다는 판단이었다.

후다닥!

문득 철담협개의 배후로 일수풍개가 모습을 드러냈다.

바로 코앞에 자금성이 있어서인가!

평상시보다 일수풍개는 꽤나 행동이 조심스러웠다. 근래 북경 전체가 마도로 변했음을 누구보다 잘 알고 있는 까닭이었다.

철담협개가 뒤도 돌아보지 않고 말했다.

"명했던 곳에다 그 물건을 확실히 전했겠지?"

"물론입니다. 그런데 어째서 갑자기 자금성 내부 지도가 필요하시게 된 것인지……."

"반역을 할 생각은 아니네. 역모 역시 관심없고."

"…후유! 역시 그러셨던 게지요!"

일수풍개가 가벼운 한숨과 함께 딱딱하게 굳어 있던 안색을 풀었다. 철담협개가 농담 삼아 한 말을 그는 내심 아주 심각하게 걱정하고 있었던 까닭이다.

철담협개가 그제야 그에게 시선을 돌리며 미미하게 고개를 가로저어 보였다.

'쯔읍! 개방의 북경 분타주씩이나 되는 자가 어찌 이리 간 담이 작단 말인고!'

몹시 마땅찮다.

그 같은 철담협개의 눈빛을 눈치챈 일수풍개가 변명하듯 말했다.

"제가 어찌 방주님을 의심했겠습니까? 그냥 세파에 휩쓸리 다 보니 노파심을 지녔을 뿐입니다요."

"그 노파심, 참 쓸데도 없구만. 일을 잘 마쳤다니, 이만 물 러가 쉬게나."

"저기 그런데 방주님, 한 가지 더 보고 올릴 것이 있습니다 요."

"뭔가?"

"혹시 근자에 아드님 소식을 들으셨는지요?"

"그 불효막심한 녀석은 왜? 혹시 북경성에 그 망할 놈이 나 타났는가?"

철담협개의 두 눈이 신광을 발했다. 옷자락 역시 마구 펄럭 거린다. 아들 천살마도 이염을 떠올린 순간 몸속에서 미칠 듯 내경이 치솟아오른 까닭이었다.

움찔!

갑자기 들이닥친 칼날 같은 내경에 놀라 몸을 한차례 떨어 보인 일수풍개가 조심스런 표정으로 말을 이었다. 입꼬리가 미묘하게 치켜 올라가 있는 것 같기도 하다.

"제가 종종 북경의 남빈로를 순찰하곤 합니다요. 패악을 떨고 다니는 흑도 방파 녀석들이 자주 출몰하곤 하는 지역이기 때문입지요."

"사설은 거기까지만 하고!"

"예, 남빈로 중심에 풍월루라는 가장 큰 주루가 있는데, 그곳에서 아드님이 장기 투숙을 하고 계신 것 같습니다요."

"주루에서 장기 투숙을 해?"

"거기 루주인 묘선랑이란 여인네가 제법 미색이 출중합지요."

"술집 계집한테 빠졌다?"

"그런데 한 가지 문제는 그 묘선랑이 남빈로 흑방의 우두머리인 독안혈랑 이대취의 내연처라는 점입지요."

"게다가 남의 여인네라고? 내 이놈을 그냥!"

"......"

일수풍개가 다시 몸을 움찔거리며 뒤로 물렀다. 철담협개에게서 뿜어져 나오는 내경이 두 배쯤 증폭되었다. 그가 지척에서 감당할 수 있을 만한 역도가 아니었다.

아니다.

딱히 그럴 필요는 없었다.

스슥!

그가 그 같은 기세를 느낀 것과 동시에 이미 철담협개는 절정의 취팔선보를 펼치고 있었다. 당장 남빈로에 있는 풍월루

로 달려가서 아들 이엽에게 그동안 부족했던 대화를 나누려
한 것이다. 말이 아니라 주먹과 발이 오고 가는 육체의 대화
를.

"휴우!"

일수풍개가 소매로 이마를 닦으며 벌써 저만치 먼 곳으로
사라져 가고 있는 철담협개를 바라봤다.

놀란 한숨과 달리 표정이 아주 후련하다. 이로써 은근히 친
했던 이대취에게 가졌던 미안한 감정이 조금쯤 풀린 까닭이
었다. 향후 이엽과는 가급적 함께 자리를 하지 않아야겠다 여
기긴 했지만 말이다.

*　　　　*　　　　*

예당(禮堂).

자금성의 무수히 많은 고루거각들 중 하나인 이 전각에 머
무는 자들은 대개 예인이었다. 황궁연회를 비롯해 자금성에
서 열리는 무수히 많은 잔치에서 음악을 연주하고, 노래하고,
춤을 추는 예인들이 임시로 머무는 장소인 것이다.

당연하달까?

이곳에 머물 자격을 얻은 예인들은 그리 많지 않았다.

아주 드물었다.

눈과 귀를 마음껏 호강시키며 일생을 보내는 게 왕후장상

이다.

그들에게 며칠씩이나 공연을 할 수 있을 만한 예인은 천하를 뒤져도 결코 많지 않았다. 있다 해도 예당에 굳이 머물고 싶어하지 않을 터였고 말이다.

토닥! 토닥!

송지하는 여전히 새사화의 복색을 바꾸지 않고 있었다.

아니다. 오히려 그는 새사화가 걸치고 있던 경갑을 벗고 맵시 좋은 궁장의로 갈아입었다.

게다가 그는 화장까지 다시 했다.

얼굴에 분을 적당히 바르고 입은 화편을 문 듯 붉게 칠했다. 또한 눈가에 은은하게 머물러 있는 교태까지…….

송지하는 단숨에 천하절색의 미녀가 되었다.

어느 누가 봐도 납득할 만한 그런 미녀로서 화장대 앞을 지키고 있었다.

"헤에!"

곁에서 그의 화장을 돕고 있던 엽자건이 입을 가볍게 벌렸다. 찬탄이 절로 흘러나온다. 자신을 제외하고 이렇게 아리따운 단역을 본 적이 없었기 때문이다.

문득 송지하가 화사한 미소와 함께 교태로운 눈길을 던졌다.

"엽 대형, 어째서 내 얼굴을 빤히 바라보고 있는 거요? 사람 부끄럽게시리……."

"부끄럽다니!"

엽자건이 나직이 부르짖곤 엄숙한 표정을 지어 보였다. 목
소리 역시 결코 장난기가 섞여 있지 않다.

"자넨 영락없는 단역이야. 정말 기회가 닿는다면 후일 패
왕별희를 함께 공연해 보고 싶을 정도라구."

"엽 대형이 패왕 역을 해보고 싶었던 거 아닙니까?"

"그야……."

엽자건이 슬슬 입가에 웃음을 지어 보였다. 속마음을 들켰
다는 판단이었다.

송지하가 그런 그를 향해 미소를 지어 보이곤 다시 화장에
들어갔다. 남겨진 시간이 그리 길지 않다. 곧 동창에서 사람
이 올 터이니, 화장을 완벽하게 끝내야만 했다.

그때 엽자건이 갑자기 손을 뻗어 그의 손목을 잡았다.

흠칫!

송지하가 놀란 표정이 되었다. 무방비 상태로 있었다곤 하
나 이리 쉽사리 손목을 잡힐 줄은 몰랐다.

'엽 대형의 무공은 정말 그 끝을 모르겠구나. 지난번에 나
와 했던 비무에서 보인 건 그저 단편에 불과할지도 모르겠어.
그런데 왜 내 손목은 이리 잡아채고 있는 거람. 사람 불편하
게…….'

내심 중얼거리며 송지하는 슬며시 낯을 붉혔다. 어째서인

지 갑자기 눈앞의 엽자건이 꽤나 부담스럽게 느껴진다.

엽자건이 말했다.

"내가 네 시비가 되어야겠다."

"시비라니……."

"넌 지금 절세미모의 천금소저가 되었다. 그러니 옷자락을 들어줄 시비가 필요하지 않겠어?"

"……."

송지하가 아미를 살짝 찡그려 보였다. 엽자건이 어째서 진지하게 눈을 빛내며 이런 말을 하는지 짐작이 가지 않았다.

엽자건이 예상했다는 듯 부연 설명했다.

"너는 계획대로 동창의 제독태감을 맡아라. 나는 이번 기회에 황궁 깊숙이 숨어들어서 곤왕 선배를 찾을 테니까."

"그게 가능하리라 생각하는 겁니까?"

"물론."

"엽 대형, 여기는 자금성입니다. 동창위사들과 금의위를 비롯한 수천이 넘는 고수들이 삼엄한 경계 경비를 펼치고 있으니, 자칫 잘못하면 시체조차 찾을 수 없는 몸이 될 겁니다."

"그럴 테지. 하지만……."

"하지만?"

"나에겐 이게 있거든."

"……."

엽자건이 품속에서 빼든 한 장의 양피지를 빠르게 눈으로 훑은 송지하가 가볍게 놀란 기색이 되었다.

양피지에 빼곡하게 그려져 있는 건물 배치도.

그것은 다름 아닌 자금성의 내부 상세도였다. 소지하고 있는 게 발각되는 것만으로 대역죄가 될 만한 물건을 엽자건은 스스럼없이 끄집어낸 것이다.

송지하가 눈을 빛냈다.

"엽 대형은 생각 이상으로 대단한 뒷배경을 지니고 계셨던 것 같습니다?"

"무림, 육선문이 생각하는 이상으로 만만치 않지. 그래서 꽤 피곤하기도 하고 말야."

"그래서 더욱 매력적인 게 아닙니까?"

"매력은 무슨!"

나직한 투덜거림과 함께 엽자건이 눈에 힘을 가했다. 자신이 한 부탁을 들어주길 종용하는 것이다.

"……."

결국 송지하가 고개를 끄덕였다.

그럴 수밖에 없었다.

여기서 엽자건의 부탁을 거절하면 필시 독단적으로라도 움직이려 할 게 분명했기 때문이다. 그렇게 놔두고 싶진 않았다, 그래서도 안 되었고.

잠시 후.

예당으로 동창위사 이준이 모습을 드러냈다. 송지하를 구양백에게 데려갈 시간이 다 된 까닭이다.

굽신! 굽신!

낮에 이미 이준에게 반죽음이 될 만큼 얻어맞은 전력이 있던 이대취는 감히 그와 눈을 마주치지 못했다. 그저 허리를 죽도록 숙여 보이며 빨리 뒤에 그림같이 서 있는 송지하와 엽자건을 데리고 떠나주길 바랄 따름이었다.

이준이 차가운 시선을 송지하에게 던졌다.

눈꼬리가 살짝 흔들린다. 송지하가 마음먹고 꾸민 모습에 내심 놀라서였다.

'대단한 미색이로군. 저만하면 황상의 총애를 받는 비빈들과 견줘도 결코 떨어지지 않겠어.'

그는 환관이다.

종종 황실의 내성을 오가며 무수히 많은 미인을 봐왔다. 그중에는 천하절색을 떠나 경국지색(傾國之色)이라 할 만한 미인도 적잖이 섞여 있었다.

비록 사내 능력을 상실한 몸이라 하나 여인의 미모를 훔쳐보는 재미까지 잃어버린 건 아니라 그녀들과 송지하를 견줘서 비교하지 않을 수 없었다.

잠시뿐이었다. 그는 곧 아주 후한 점수를 준 송지하에게 냉정한 목소리로 말했다.

"준비는 다 된 것 같구나. 본관을 따라오도록 하라."

"저기 나으리, 한 가지 청이 있사옵니다."

"청?"

이준이 눈살을 찡그려 보이자 송지하가 그림같이 대례를 올리곤 뒤에 얌전히 서 있는 엽자건에게 시선을 던졌다. 눈빛이나 목소리에 부드러움이 잔뜩 넘쳐흐른다.

"뒤의 아이는 소녀와 한 쌍입니다. 공연을 위해서 반드시 필요한 아이이니, 함께 데려갈 수 있게 허락해 주시기 바랍니다."

"말도 안 되는 소리! 네가 가는 곳이 어딘 줄 알고……."

이준이 일언지하에 거절하려다 흠칫 몸을 떨어 보였다. 송지하의 시선을 좇아 엽자건을 살피다 그의 그윽한 눈빛을 접한 까닭이었다.

'무슨 눈빛이 저리…….'

지금 이준이 느낀 감정을 한마디로 정의 내리긴 어렵다.

그 자신조차 알 수 없었다.

단! 그는 일견(一見) 만에 엽자건에게 매혹되었다. 어떻게 그런 일이 가능할 수 있는지도 모르게 그리되었다.

"…허, 허락하도록 하겠다. 얌전히 따라오도록 하라!"

"황감하옵니다!"

"나으리의 은혜에 감읍할 따름이옵니다!"

송지하와 엽자건이 거의 동시에 이준에게 극례를 올렸다. 그가 입 밖으로 낸 말을 다신 무를 수 없게끔 만든 것이다.

[엽 대형, 어찌하신 것입니까?]

[간단한 불공(佛功)을 응용했을 뿐이야.]

[그런 것도 하실 줄 아셨습니까?]

[불가의 마음 공부[心功]에 매진하다 보면 마구니[魔君]를 만나게 되거든. 그때 그걸 이겨내기 위해서 노력하다 보면 이런 것도 얻게 되는 거야.]

[아무튼 대단하십니다!]

이준의 뒤를 따라 동창이 속해 있는 사례십이감이 있는 방면으로 향하며 송지하는 엄지손가락을 치켜 보였다. 은밀한 표정을 슬쩍슬쩍 던졌음은 물론이다.

그 역시 남 못지않은 기재다.

천재적인 재능을 타고 태어났다 자부하던 터였다.

하지만 천상천(天上天)에 천외천(天外天)이라 했던가? 엽자건은 모든 면에서 그를 놀래켰다. 함께하는 동안 몇 번씩이나 새로운 모습을 보였고, 이번 역시 마찬가지다.

엽자건은 내심 피식 웃었다.

'마음 공부는 무슨! 요진에게 약간 배워뒀던 환몽사안이 이렇게 요긴하게 쓰일 줄은 몰랐구만. 그런데 이놈의 성은 뭐가 이리 복잡하고 큰 거야. 사람 귀찮게시리.'

내심의 투덜거림과 함께 엽자건이 갑자기 송지하를 떠나 이준에게 다가갔다.

"나으리, 죄송하옵니다만 소인은 이만 돌아가 보도록 하겠습니다."

"어째서 그러느냐?"

"소인, 갑자기 뒷간이 급하게 되었습니다."

"그런……."

평소의 이준이라면 당장 호통과 함께 손발을 바삐 움직였을 터였다. 이런 말도 안 되는 변명을 들어줄 만한 여유는 그에게 없었다.

그러나 지금은 다르다.

엽자건의 환몽사안에 꼼짝없이 걸려든 그는 오히려 마음이 크게 푸근해졌다. 이대로 송지하와 함께 구양백에게 간다면 엽자건의 운명은 뻔했다. 욕을 보는 건 둘째치고 잘못하면 다음날 송장이 되어 똥통과 함께 북문(北門)을 빠져나가게 될지도 몰랐다.

끄덕!

저도 모르게 고개를 주억여 보인 이준이 염려 섞인 표정으로 엽자건에게 물었다.

"예당으로 돌아가는 길은 알고 있느냐?"

"다행히 소인, 그리 머리가 나쁜 편은 아닙니다."

"그럼 조심해서 돌아가도록 하거라. 바지에 지리지 말고."

"예."

엽자건이 다소곳이 고개를 숙여 보인 후 어처구니없는 표정을 짓고 있는 송지하에게 슬쩍 이를 드러내 보였다.

운명의 갈림길이라고나 할까?

남빈로의 골목길에서 우연찮게 조우해 여기까지 함께 동행했던 두 사람이 이젠 헤어지게 되었다.

마도가 된 북경.

그곳에서도 가장 무시무시한 자금성의 한복판이다. 다시 살아서 보게 될지 기약조차 할 수 없을 터였다.

'친구, 성공해서 다시 보자구!'

'엽 대형, 조심하십시오. 하지만 곤왕 유대유 선배를 만나는 건 내가 될 겁니다. 그것만은 엽 대형이라 해도 양보할 수 없습니다. 일단은.'

짧은 시선의 마주침, 그다음은 이별이었다.

엽자건은 언제 이를 드러내 보였냐는 듯 다시 이준에게 허리를 숙여 보이고 예당 쪽으로 신형을 돌려세웠다. 여전히 자신의 뒷모습을 눈으로 좇고 있는 송지하에게 손 한 번 흔들어 주지 않은 채였다.

"가자!"

역시 엽자건을 아쉬운 표정으로 바라보던 이준이 다시 차가운 동창위사로 돌아왔다. 그의 재촉에 송지하 역시 엽자건으로부터 시선을 거둬들였다.

"예."

송지하의 대답을 들은 이준이 다시 앞장섰다. 이미 엽자건의 모습은 어둠 속에 파묻혀 보이지 않게 되었다, 이상할 만큼 빠르게.

스스슥!

송지하 등과 헤어진 엽자건은 예당 쪽으로 향하다 갑자기 다른 길로 빠졌다. 미리 입수한 자금성 내부 상세도를 통해 파악해 놓은 내성으로 향하는 방면의 지름길이었다.

물론 그리 오래가진 못했다.

두어 차례 전각군 사이의 길모퉁이를 돌자마자 훤하게 눈길을 잡아끄는 불빛의 군무가 그를 맞았다. 필시 내성으로 향하는 방면을 지키기 위해 번을 서는 자들이 모여 있는 곳일 터였다.

숙!

엽자건이 재빨리 바닥에 엎드렸다.

이미 밤이 깊었는데도 그의 눈이 향한 곳은 그리 어둡지가 않았다. 삼십 보마다 커다란 황금 항아리가 있고, 그 옆에는 커다란 횃불이 넘실거리고 있기 때문이었다.

물론 황금 항아리 속에는 물이 가득하다.

혹여라도 자금성에 불이 날 경우를 대비한 소방수였다.

그래도 밤의 장막을 완벽하게 걷어낼 수 없는 게 당연하다. 일시 엽자건이 바닥에 찰싹 달라붙자 마치 사람 자체가 사라진 것같이 되었다.

아주 찰나간의 변화였다.

그러자 놀라운 일이 발생했다. 여태까지 거의 인적이 느껴지지 않던 황금 항아리 주변에서 십여 명이 넘는 무장들이 튀어나왔다. 미리 예측하고 있었던 대로 금의위에 속해 있는 황실 경호대가 출동한 것이다.

사삭!

사사사삭!

금의위의 중심은 신창양가와 하북팽가이다.

각기 창술과 도법의 명가인 양대 가문에서 배출된 고수들이 득시글거리고 있었다. 당연히 야간 경비를 서는 자들의 수준 역시 떨어지지 않는다.

한마디 경호성도 없다.

그럴 이유를 느끼지 못함이 분명했다.

자신을 향해 다가드는 무장들의 움직임을 세심하게 간파해 낸 엽자건이 내심 혀를 쳤다. 예상은 하고 있었지만 과연 대륙의 천자가 지내는 곳이다. 이런 말도 안 되는 경계 경비는 소림사에서도 경험해 본 바가 없다.

스윽!

엽자건이 손으로 바닥을 짚고 천천히 몸을 일으켜 세웠다. 살짝 손가락을 이마에 대고 있는 게 어지러움을 느끼고 있는 듯한 모습이다.

어느새 원진에 가까운 포위진을 구축한 금의위 무장 중 한 명이 앞으로 나섰다. 눈빛은 한성같이 차갑고 목소리에는 무장 특유의 딱딱함이 담겨 있다.

"어찌 이 늦은 시각에 궁녀가 밖을 돌아다니고 있는 것인 가? 그보다는 어떻게 내성 밖으로 나갈 수가 있었던 것이지?"

"죄, 죄송합니다. 쇤네의 오라비가 황궁연회에 참가한 터라 잠시 인사를 나누다가 돌아오는 시각을 넘겨 버리고 말았습니다."

"오라비를 만났다가 돌아오는 시각을 넘겨?"

무장이 기가 막히다는 표정을 지어 보였다.

원칙적으로 엽자건이 한 말은 있을 수 없는 일이었다. 애초에 내성에 속한 하급 궁녀가 황궁연회를 구경하러 태화전에 나올 수 있었을 리도 없다.

'응? 그런데 이 계집, 꽤나 미색이잖는가?'

어른거리는 불빛!

궁녀와 아주 흡사한 복색과 화장을 한 엽자건의 얼굴을 아주 그럴듯하게 보이게 만든다. 그냥 평범한 하급 궁녀에서 운대만 잘 만나면 황제의 성은을 받아 비빈의 위치에 오를지도 모를 미색으로 분장시켜 준 것이었다.

엽자건은 이런 눈빛에 익숙하다. 본래 준비해 뒀던 대사 역시 있었다.

사락!

얼른 무장 앞으로 다가간 엽자건이 환몽사안을 두 눈 가득

담고서 요사스럽게 중얼거렸다.

"사실 방금 전 소녀가 했던 말은 거짓말이옵니다."

"거, 거짓말?"

"소녀는 폐하를 한차례 뵙고 싶은 마음에 태화전 주변을 서성거린 것이옵니다. 그러니 부디 장군께서는 오늘의 일을 잠시만 눈감아주시기 바랍니다."

"……"

안 될 일이다. 있을 수 없는 일이었다.

그러나 이 순간 무장의 머릿속에서는 아주 복잡한 상념이 소용돌이쳤다. 엽자건이 전력으로 펼친 환몽사안에 홀려 이성적인 판단을 할 수 없게 되었다.

'이 궁녀의 미색이라면 진짜 후일 황상의 눈에 들 수 있을지도 모른다. 내가 지금 한차례 은혜를 베풀어준다면 후일 큰 도움을 받을 수도 있겠구나. 그래, 분명 그럴 거야.'

소설 같은 상황이다.

환몽사안이기에 가능하다. 그런 상황을 억지로 만들어낸 스스로를 납득시킨 무장이 미미하게 고개를 끄덕여 보였다. 이미 얼굴에 담겨 있던 딱딱한 기운 역시 상당 부분 누그러져 있다.

"앞으론 조심하도록 하시오. 그리고 곧 내당 쪽에도 금의위의 순찰이 있을 것이니 빨리 숙소로 돌아가는 게 좋을 것이오."

"감사합니다. 그런데 존함이 어찌 되시는지?"

"양우민이오."

"양 장군님, 후일 반드시 이 은혜를 갚도록 하겠습니다!"

"얼른 가보시오."

양우민이 언뜻 입가에 미소까지 매단 채 엽자건을 내당 쪽으로 친히 안내해 줬다. 그러고 싶었다.

그리고 드디어 자금성의 가장 깊은 곳.

내성이 엽자건 앞에 그 모습을 드러내고 있었다. 첫 번째 관문을 넘어서게 된 것이다.

'황궁? 뭐, 간단하구만. 곤왕 선배를 설득하는 건 또 다른 영역의 일이겠지만 말야.'

내심의 뇌까림과 함께 엽자건이 천천히 내성을 향해 걸음을 옮겼다. 여전히 조신한 궁녀의 걸음걸이다.

第七十二章

청출어람(青出於藍)

少林
棍王
소림곤왕

풍월루.

지난 며칠간 문을 닫아걸고서 영업을 하지 않던 이곳이 지금은 불야성(不夜城)을 이루고 있었다.

원흉이라고 해야 하려나?

그동안 풍월루의 영업을 방해하고 있던 불안 요소들 중 대부분이 떠나갔다. 자금성에서 벌어진 황궁연회에 참가해 아직 돌아오지 않고 있는 것이었다.

당연히 루주인 묘선랑은 영업 개시를 선포했다.

지난 수일간의 누적 적자는 장난이 아니었다. 족히 은자로 천 냥가량을 손해 봤다고 할 수 있었다. 이곳은 남빈로 제일의 주루인 풍월루이기 때문이다.

게다가 묘선랑은 내심 내쫓고 싶은 위인이 있었다.

천살마도 이염이다.

그의 찐득찐득한 시선이 줄곧 자신의 둔부와 가슴께에서 떨어지지 않는 게 아주 성가셨다. 이런 일은 본래 미녀로 태어난 여인의 숙명이라 여기고 살았으나 지금은 완전히 마음이 바뀌었다. 엽자건이나 송지하를 만난 직후의 변화였다.

어찌 됐든 영업 개시와 더불어 묘선랑은 이염으로부터 약간이나마 자유를 얻게 되었다. 장사가 바쁘다는 핑계로 중간중간 그의 곁을 떠날 수 있게 된 까닭이다.

한데 갑자기 새로운 사단이 벌어졌다.

주루 영업의 꽃이라 할 수 있는 대목인 저녁 식사 시간이 막 끝나갈 무렵이었다. 한 명의 늙은 거지가 풍월루로 난입했다. 일수풍개를 떠나온 철담협개였다.

콰자작!

하늘 위로 높직이 솟구쳤던 발뒤축이 떨어져 내린 순간 두터운 나무 식탁이 두 조각으로 박살 났다.

당연하달까?

그 위에 올려져 있던 음식물들이 사방으로 튀어 올랐다. 풍월루 일급 숙수가 정성들여 만든 오리 구이며, 라조육, 마파두부 등이 완전히 못쓰게 되어버린 것이다.

하지만 뒤늦은 저녁을 먹고 있던 이염은 아무 소리도 내지 못했다. 본래 더러운 인상을 조금 찌푸렸을 뿐 일언반구도 내뱉지 않았다. 북경으로 향하던 중 설마 했던 부친 철담협개와 이렇게 맞닥뜨리게 될 줄은 몰랐기 때문이다.

철담협개가 눈을 부릅떴다.

"이놈, 진짜로 네가 집안 망신을 톡톡히 시키는구나!"

'정작 집안 망신을 시킨 사람이 누군데? 일찍부터 가정을 내팽개치고 거지가 되어서 평생을 방랑벽으로 살아온 사람이 지금 나한테 이런 말을 할 수 있는 거람?'

내심 투덜거린 이염이 여전히 이맛살을 찌푸린 채 몸을 일으켜 세웠다.

평생 원망해 왔던 부친이다.

절대 죽을 때까지 마주치지 않으려고도 했다. 마음속 깊숙한 곳에 자리 잡은 미운 감정을 다 늦게 폭발시키고 싶지 않아서였다.

근데 사는 게 녹록치가 않다. 이렇게 다시 만나게 됐고, 서로 인상을 찌푸리는 사이가 되어버렸다.

"어떻게 오셨습니까? 전날 약속했다시피 저는 개방도를 괴롭히거나 하지 않았습니다."

"이곳에서 계집질을 하고 있다고?"

"계집질이라뇨!"

펄쩍 뛰며 노성을 지르는 이염의 태도에 철담협개가 조금 기세를 누그러뜨렸다. 중간에 일수풍개가 말을 잘못 전했거나 오해가 있었을지도 모른다는 생각 때문이다.

"이곳에 묘선랑이란 계집이 있지 않더냐?"

"예?"

"있더냐, 없더냐!"

"이, 있습니다."

"그 계집의 뒤꽁무니를 근래 계속 쫓아다녔다고 하던데, 그게 사실이더냐?"

'개방의 거지새끼가 일러바쳤구나! 이 개잡놈 새끼, 어떤 놈인진 내 아직 모르겠다만, 나중에 반드시 붙잡아서 다리몽둥이를 세 토막으로 분질러 줄 테닷!'

이염이 내심 이를 갈았다. 그렇지 않아도 내심 찜찜해하고 있던 일수풍개의 등줄기가 서늘할 만한 생각이다.

철담협개가 침묵하는 이염의 안색을 살피곤 다시 노기 어린 표정이 되었다.

"네놈이 정사 중간에 끼어서 분탕질을 치고 돌아다닌 사실을 내 모르고 있지 않았느니라! 하지만 여태까지는 그냥 젊은 한 시절의 객기겠거니 생각했거늘, 어찌 이리 타락했더란 말이냐!"

"타락한 게 아닙니다!"

"타락한 게 아니면?"

"그냥 연애를 좀 했을 뿐입니다! 제 나이가 이젠 장년인데

장가 좀 들려고 연애한 게 무슨 죄입니까?"

"연애를 했다고?"

"그렇습니다!"

이염의 망설임없는 대거리에 철담협개가 눈에 신광을 담았다. 요놈 봐라 하는 모습이 완연하다. 그리고 그와 동시였다.

스슥!

순간적으로 이염의 앞을 떠난 철담협개가 나무 계단 그림자에 숨어 있던 묘선랑을 붙잡아왔다.

뒤를 봐주던 이대취가 부재한 터였다. 잠시 숨어서 사태의 추이를 살피려던 그녀는 솔개에 낚아 채인 병아리 꼴이 되어버렸다.

"아악! 악! 악!"

죽어라 소리를 질러대는 묘선랑을 철담협개가 이염 앞에 내동댕이쳤다. 천하를 위진하는 대고수답게 손속이 빠르면서도 간결하다.

꿈틀!

이염의 눈꼬리가 치켜 올라갔다.

지난 수일간 줄곧 공을 들여왔던 계집이다. 부친에게 붙잡혀 와서 바닥에 내동댕이쳐지자 마음이 썩 좋지 못하다.

아니다.

그보다 그는 걱정이 되었다. 부친 철담협개가 도대체 무슨 의도로 민간인인 묘선랑을 자신 앞에 내동댕이쳤는지 쉬이 짐작이 가지 않아서다.

철담협개가 말했다.

"네 말이 맞다면 당장 혼례를 올리도록 하거라!"

"예?"

"내 알기로 이 계집은 남빈로 흑방 두목과 내연의 관계를 맺고 있다고 들었다. 그런데……."

"뭐얏!"

이염이 갑자기 버럭 노성을 터뜨리더니 묘선랑을 죽일 듯 노려봤다.

천살마도의 살기!

그것도 근래 전장에서 아주 잘 벼려졌다.

그런 그의 기세를 한낱 아녀자에 불과한 묘선랑이 참아낼 수 있을 리가 없다.

"흐헉!"

묘선랑이 엉거주춤한 자세에서 다시 엉덩방아를 찧었다. 속곳이 살짝 축축한 게 오줌까지 지린 듯하다.

그런 그녀에게 이염이 살기를 가득 담아 말했다.

"이년! 진짜로 네가 이대취 녀석과 그렇고 그런 사이더냐? 정말 그게 사실인지 말해보거라!"

'사실대로 말하면 날 찢어 죽일 기세잖아!'

묘선랑이 겁에 질려 눈알을 이리저리 굴려 보였다. 밑바닥

인생 삼십여 년이다. 생사의 기로가 어떤 곳인지는 아주 잘 알고 있었다.

잠시의 침묵 끝에 묘선랑이 갑자기 무릎을 꿇었다. 머리 역시 바닥에 닿도록 조아린 것이 여염집 아낙이나 다름없이 조신한 모습이다.

"천녀, 비록 주루에서 술을 파는 걸 업으로 삼고 있으나 결코 그리 쉬운 여자는 아니랍니다. 부디 상공께서는 오해를 거둬주시기 바랍니다."

"상공?'

철담협개의 눈이 주욱 찢어졌다. 묘선랑이 이염을 칭하는 게 흡사 낭군이나 정랑을 대하는 듯했기 때문이다.

이염은 심사가 복잡했다.

'이년이 필경 이대취 녀석과 정을 통한 게 틀림없구나! 하긴 애초부터 둘 사이에 묘한 기운이 흐르는 것 같더라니……'

그리 대수로울 건 없었다.

본래 화류계의 노류장화가 그렇지 않던가.

문제는 눈앞에 정파의 대협객을 자처하는 부친 철담협개가 있다는 점이었다. 여기서 묘선랑의 말을 부인하면 진짜로 후레 잡놈이 될 상황이었다. 다른 사람은 몰라도 부친 철담협개에겐 그리 취급받고 싶지 않았다.

잠시의 침묵 끝에 이염이 묵직하게 고개를 끄덕여 보였다.

"내 너의 말을 믿겠다."

"상공!"

묘선랑이 얼른 눈가에 촉촉한 물기를 머금었다. 오늘 연기가 좀 된다.

그때 철담협개가 끼어들었다.

"그렇단 말이지? 그럼 지금 당장 혼례를 올리겠느냐? 내가 보는 앞에서!"

"예?"

"좋습니다!"

황당한 기색이 된 묘선랑과 달리 이염이 얼른 고개를 끄덕여 보였다. 부친에게 결코 지고 싶지 않다는 오기가 얼굴에 그득히 담겨져 있다.

'이, 이놈의 자슥이!'

철담협개의 눈에서 불꽃이 튀어 올랐다.

묘선랑은 멍청해진 표정으로 이염을 바라봤다. 노류장화인 자신을 부인으로 받아들이겠다는 그의 말에 문득 정신이 아득해졌다. 흉신악살 같던 얼굴이 일순 더할 나위 없이 근사하게 보일 지경이었다.

이염이 내친김에 더 막 나가기로 했다.

"우리는 무림인입니다. 굳이 길일을 택할 것도 없이 이 자리에서 물 한 잔을 떠놓고 혼례를 올리고자 합니다. 아버님께서 천지신명과 함께 증인이 되어주시기 바랍니다."

"그, 그러자! 그래!"

잠시 말문이 막혔던 철담협개가 다시 버럭버럭 소리를 질러댔다. 그 역시 사고뭉치 막내아들에게 결코 지고 싶지 않았다. 서로 가는 길이 다르기에 더욱 그러했다.

발그스름해진 양볼.

묘선랑은 어느새 양손으로 얼굴을 감싸고 있었다.

그녀는 새색시가 될 생각에 여지껏 애를 태웠던 엽자건이나 송지하의 얼굴이 머릿속에서 싹 지워져 버렸다. 팔 년여를 함께 살을 섞고도 머리 올려줄 생각을 하지 않던 이대취는 더 말할 것도 없었고.

잠시 후.

다시 문을 닫아건 풍월루에서 대대적인 잔치가 벌어졌다.

묘선랑에 의해 후다닥 준비된 혼례식이었다. 부자간에 고집을 피우다가 돌이킬 수 없는 상황까지 일이 진행되어 버린 것이었다.

'죽일 놈!'

'망할 부친 같으니라구!'

서로를 노려보는 두 부자(父子)와 달리 묘선랑은 완전히 들뜬 얼굴이었다. 완전히 새신부 기분을 확실히 내고 있었다. 일이 아주 재밌게 되었다.

*   *   *

자금성.

자금이란 북두성(北斗星)의 북쪽에 위치한 천자가 거처하는 곳이라는 데서 유래된 말이다.

그 위치는 북경성 내성의 정중앙이다.

당연히 엽자건이 들어선 내성은 정식 명칭은 아니다.

외조(外朝)의 북쪽!

황제의 사적인 생활을 위한 내정(內廷)에 위치한 건청궁(乾淸宮)이나 교태전(交泰殿) 등을 뭉뚱그려 표현한 말이었다.

"흠!"

내성에 들어서 빠르게 걸음을 옮기던 엽자건이 눈앞으로 펼쳐진 화려한 고루거각들의 물결에 잠시 눈을 빛냈다.

압도당한 것일까?

그렇진 않았다. 전혀 사실과 달랐다.

그는 강남에서도 아름답기로 유명한 소주 출신이었다. 그곳의 정원들이나 건축물은 하나같이 빼어난 자태를 자랑했다. 장엄함 면에선 자금성에 못할지 몰라도 오밀조밀한 맛은 더욱 훌륭하다는 생각이 들었다.

그는 향후 해야 할 일을 정리해야만 했다.

일단 첫 번째 목표인 자금성의 내성에 들어섰으니, 이젠 곤왕 유대유가 있는 곳을 찾아야만 했다. 소문대로 진짜 내성의 비밀 뇌옥에 억류되어 있는 게 사실이라면 말이다.

'그런데 역시 황제와 비빈들이 지내는 곳이구만. 주변에 특별히 무공을 익힌 자들의 흔적이 거의 없는 걸 보면. 아니다. 그렇지도 않은가?'

엽자건이 재빨리 자신의 생각을 수정했다.

그럴 수밖에 없었다.

겉으로 보면 완전히 지체 낮은 궁녀나 다름없는 그의 배후로 갑자기 기묘한 기운이 다가들었다. 여태까지 몇 명 마주친 바 있었던 궁녀들과는 보법부터가 다르다.

게다가 빠르면서도 은밀하다!

천하 무학에 제법 해박한 엽자건조차 자신이 목표라는 걸 꽤나 늦게 알아챘을 정도니 훌륭한 절정고수라 할 만하다. 기세나 보법만으로 그런 판단이 가능했다.

슥!

엽자건은 어느새 지척까지 다가와 자신의 어깨를 건드리려는 손길에 잠시 망설였다. 반격 후에 곧바로 일을 벌일지 조금 더 현 상황을 파악할지에 대한 고민이었다.

일단 그는 후자를 택했다.

빠르고 정확한 손길이 어깨에 닿는 순간 엽자건이 몸을 필요 이상으로 크게 휘청거려 보였다. 당장 쓰러져서 바닥을 나뒹굴 듯 가냘프고 연약해 보이는 동작이었다. 미리 준비해 뒀던 움직임이기도 했다.

"아야!"

"이런!"

곧이라도 바닥에 쓰러질 것같이 휘청이는 엽자건의 몸을 재빨리 품으로 끌어안는 손길이 있었다.

여인이다. 궁녀였다.

그녀는 조심스런 동작으로 엽자건을 품에 안더니, 곧 준엄한 눈빛을 던져 왔다. 어느새 그의 얼굴을 자신 쪽으로 돌려 놓았음은 물론이었다.

"순찰원에 속한 것도 아닌 것이 어찌 이런 시각에 궁궐을 돌아다니고 있는 것이더냐? 혹시 가을바람이 들어 성밖으로 도망이라도 치고 싶었더냐?"

'가을바람? 춘풍(春風)이 아니라?'

엽자건이 내심 피식 웃고 얼른 능글맞게 말했다.

"이런 박색으로 바람이 날 사내라도 있겠는지요? 그냥 달빛이 오늘따라 너무 고와서 몰래 구경하러 나왔을 뿐이랍니다."

"허!"

엽자건을 품에 안은 여인이 이맛살을 찌푸려 보였다. 그의 천연덕스런 대꾸에 어처구니가 없어진 모양이다.

한 이십대 중후반가량 되었을까?

여인답지 않게 시원스레 큰 키에 푸른빛이 감도는 상급 궁녀 복장을 한 여인은 꽤나 예쁜 얼굴이었다.

이채로운 건 허리에 달랑거리며 매달린 패검이다. 금의위가 패도를 차고 동창위사들이 병장기를 겉으로 드러내지 않는 것과는 확실히 차별화된 모습이었다. 필시 내성의 번을 돌며 황제와 비빈들의 안전을 지키는 일종의 호위무사의 역할을 맡은 조직의 궁녀임이 분명하다.

'어쩐지 제법 고수더라니! 그런데 호위 역할만 맡기에는 미모가 아까운걸?'

내심 염두를 굴린 엽자건이 슬쩍 낯을 붉히며 그녀의 품에서 떨어져 나왔다. 능글맞던 앞서의 대사와는 완전히 사람이 달라진 것 같은 행동이다.

"죄, 죄송하게 되었습니다. 한 번만 용서해 주사와요."

"용서해 주면?"

"예?"

"용서해 주면 나한테 뭘 주려느냐?"

"……."

갑자기 말이 없어진 엽자건을 한차례 바라본 궁녀가 입가에 얼핏 미소를 매달았다. 생긴 것답게 보는 이를 상쾌하게 만들어주는 표정과 함께다.

"농담이다. 네가 하도 맹랑하여 내 잠시 농을 했느니라. 시간이 늦었으니, 얼른 처소로 돌아가 보도록 하거라."

"예이!"

엽자건이 궁녀의 예법에 맞춰 인사를 하고 얼른 신형을 돌려 세웠다.

그와 동시였다.

번뜩!

궁녀의 눈에 힘이 들어갔다. 엽자건이 신형을 돌려세운 것과 거의 찰나간의 차이도 없이 벌어진 일이었다.

단지 그것뿐일 리 없다.

츄악!

궁녀의 허리춤에 매달려 있던 패검이 순속의 빠르기로 빠져나왔다. 발검이다. 목표는 신형을 절반쯤 돌리고 있던 엽자건이었고.

'그렇게 나와줘야 고맙지!'

엽자건은 오히려 즐거운 미소를 매달았다.

그는 고민 중이었다.

눈앞의 궁녀를 제압한 후 고문해서 정보를 얻어낼지 말지를. 그런데 먼저 살기를 띤 공격을 가해오니 나쁠 것이 없다. 아주 대만족이었다.

흔들!

궁녀의 검이 훑고 지나간 순간 엽자건의 신형이 가벼운 변화를 보였다. 부동무상이다.

더불어 그의 발이 기묘한 변화를 일으켰다.

위로 향하다 크게 회전을 일으키며 밑으로 메다 꽂히는 동작!

소림사의 각법이 아니다.

엽자건이 전장을 전전하며 익힌 실전 무예 중 하나다.

픽!

궁녀의 손목이 꺾였다. 당장 엽자건을 두 토막 내려 했던 그녀의 검 역시 손을 빠져나간다. 완혈에 가해진 타격을 절정급 고수인 그녀조차 감당키 어려웠다.

토옥!

엽자건이 그 자세 그대로 발끝으로 지축을 찍어 올렸다. 신형을 급격히 위로 띄워서 단숨에 비틀거리고 있는 궁녀의 몸을 찍어 눌러갔다.

"아……."

순간적으로 엽자건에게 덮쳐져 완전히 짓눌려 버린 꼴이 된 궁녀가 입을 열고 악을 쓰려는 자세 그대로 굳어버렸다. 이미 아혈과 마혈을 동시에 제압당했다. 현재 그녀가 할 수 있는 일은 아무것도 없었다.

"후우!"

궁녀를 찍어 누른 상태로 엽자건이 위로 한차례 입김을 뿜어냈다. 아주 묘하다. 야릇해 보이고 묘한 상상을 하기에 딱 좋은 자세다. 그런 꼴이 되었다.

궁녀 역시 그리 생각했다.

'이, 이년… 이상해! 진짜 계집이 맞긴 한 거야?'

가까이서 보니 예쁘장하긴 하나 전반적으로 일반적인 여인과는 다르다. 일단 몸이 지나치리만치 근육질인데다 신장 역시 자신을 뛰어넘을 만큼 크다. 눈빛 역시 사나운 짐승처럼 번뜩이고 있고 말이다.

그때 잠시 고심에 빠져 있던 엽자건이 씨익 하고 이를 드러내 보였다. 마음의 결정이 내려졌다. 이젠 실행에 옮기기만 하면 된다.

"그리하면 되겠군."

'그리하면 돼? 뭐가?'

다급한 심정이 된 궁녀를 엽자건이 대뜸 한 손으로 안아 올렸다. 그녀를 일단 으슥한 곳으로 옮긴 다음에 내부 정보를 모조리 빼낼 작정을 한 것이다.

'악! 악! 이, 이놈은 계집이 아니다! 사내야! 사내자식이라구! 그, 그런데 날 어디로 데려가려는 거지? 서, 설마 날 어찌해 보려고?'

궁녀의 안색이 완전히 겁에 질렸다.

아니다. 자세히 보니 은근히 낯을 붉히고 있다.

금남의 구역인 황실 내성.

그곳에서 거진 평생을 보낸 여인으로서 남녀상열지사에 대한 환상이 전혀 없다는 건 거짓말이다. 처음부터 아에 사내에게 관심이 없었다면 몰라도 말이다.

사실 그녀가 몰래 키워온 환상 속에는 이런 상황도 포함되어 있었다. 물론 상대는 아주 준미한 얼굴에 멋진 근육을 자랑하는 금의위 무장 중 한 명이었지만.

두리번! 두리번!

그때 주변을 여유있게 한차례 둘러본 엽자건이 걸음을 옮기기 시작했다. 여전히 궁녀 차림을 하고 있으나 걸음걸이는 이미 완전히 달라졌다. 보폭이 크고 동작이 민첩한 게 호랑이가 걸어가는 것이나 다름없어 보인다.

잠시 후.

달빛조차 스며들지 않는 내성의 전각군 사이로 엽자건과 내성 순찰원 부원주 홍인화가 모습을 드러냈다.

홍인화의 얼굴은 발그스름하다.

엽자건을 몰래 훔쳐보는 눈길에는 정 역시 담뿍 들어가 있다. 짧은 사이 절정고수답지 않게 환몽사안의 영향력에 완전히 빠져들어 간 모습이다.

그게 아주 간단했다.

애초 엽자건에게 사로잡혔을 때부터 자신만의 환상을 만들어낸 그녀는 곧바로 이어진 환몽사안의 정신 공격에 쉽사리 굴복했다. 본색을 드러낸 엽자건의 듬직한 몸과 얼굴이 거기에 반 푼가량 도움을 주었음은 물론이었다.

어찌 됐든 덕분에 엽자건은 짧은 시간 동안 아주 많은 정보를 얻어낼 수 있었다. 야간의 내성을 제멋대로 오갈 수 있는 순찰원 부원주라는 강력한 우군을 얻은 건 화룡점정(畵龍點睛)이라 할 수 있었고.

지나칠 만큼 운이 좋은 상황을 만났달까?

엽자건은 이 모든 것을 자신의 탁월한 재지와 능력으로 돌리길 주저치 않았다.

본래 전장을 떠돌아다닐 때부터 이런 일에는 아주 익숙했다. 단지 달라진 게 있다면 이곳이 피와 살이 튀는 전장이 아니라 황제가 사는 구중궁궐이란 점일 뿐이었다.

'그럼 일단 건청궁부터 가볼까나?'

홍인화를 제압한 후 갑작스레 떠오른 생각이다.

계획이었다.

자신의 의지로 곤왕 유대유가 황궁에 붙잡혀 왔다는 사실을 그녀로부터 확인한 후 전면적으로 계획을 수정했다. 그럴 필요성을 확실하게 느꼈다.

바뀐 계획은 간단하다. 또한 아주 위험했다.

'생각해 보면 아주 간단한 상황이란 말씀이야. 어떻게든 황제를 만나서 환몽사안으로 제압한 후 곤왕 선배를 놔주게끔 만들면 되는 거야. 그 황제란 작자가 밤중에는 제멋대로 궁녀들을 찾아가는 통에 지금 어디서 디비져 자고 있는지 알 수 없다는 게 문제지만 말야.'

대역무도(大逆無道)한 생각이다.

만약 누군가 단편적으로나마 알아챈다면 당장 구족지멸(九族之滅)할 대죄였다. 오호란을 되살리기 위해 사문 소림사에서 뛰쳐나오기까지 했던 사부 보종을 뛰어넘을 만한 생각이기도 했다.

청출어람(靑出於藍)이다.

물론 엽자건의 이 같은 생각을 곁에 있는 홍인화는 꿈에도 예상치 못하고 있었다. 그저 그녀의 뇌리 속에서 그는 자신을 연모하여 구중궁궐의 높다란 담을 뛰어넘은 순정남아였다. 그를 반드시 전력으로 보호해 줘야만 했다.

엽자건이 다정한 표정으로 말했다.

"건청궁으로 안내해 주겠소?"

"물론입니다. 그런데 그곳에는 어째서 가시려는 건지요?"

"그야 당연히 폐하께 그대와의 사랑을 허락받기 위함이 아니겠소?"

"아아!"

홍인화가 양손으로 얼굴을 감싼 채 몸을 떨어 보였다. 농익고 육감적인 그녀의 육체가 푸른색 궁복 안에서 가벼운 흔들림을 보인다.

엽자건은 그저 웃어 보일 뿐이었다.

전날 천하절색이라 할 수 있는 남궁수에게조차 담담히 일시적인 이별을 고한 터였다. 그림자 환월 역시 이국적인 미모를 자랑하는 절세미녀였다. 눈앞의 홍인화가 제법 매력적이라 하나 그의 마음을 흔들 수 있을 리 없다.

'그래도 미안하게 되었군. 나중에 피해를 입지 않도록 손은 써줄 테니까……'

내심 중얼거린 그가 슬며시 손을 앞으로 내밀어 보였다.

앞장서란 뜻이다.

그러자 홍인화가 얼른 그의 뜻을 간파하고 종종걸음으로 앞서 나가기 시작했다. 환몽사안에 걸려들었다곤 하나 정말 말을 잘 듣는다.

엽자건이 천천히 그녀의 뒤를 따랐다.

물론 여태까지처럼 내기를 움직여 주변을 살피는 것 역시 잊지 않고서였다.

*　　　　　*　　　　　*

사례감.

외성이라 할 수 있는 외조의 동쪽 끝에 위치해 있다.

본래 열두 개의 고만고만한 건물로 되어 있기에 사례십이 감이라 불리나 근자엔 동창 단독으로 사용하게 되었다. 남경에서 북경으로 천도를 한 영락제 사후 급격하게 팽창한 동창 권력의 한 단면이라 해도 무방하겠다.

서성거리는 그림자 하나.

사례감 앞의 정원에 나와 줄곧 안절부절못하고 있던 첩형 조개가 이준을 따라온 송지하를 보고 환한 표정이 되었다.

그 역시 잡극에는 나름대로 정통해 있던 터다. 눈앞의 단역 배우 이상 가는 미색을 근자에 본 적이 없으니 내심 마음이 즐겁지 않을 까닭이 없었다.

'과연 미색이로고! 오늘 저 계집, 아니, 녀석이 구양 공공의 마음에 들기만 하면 내 차대 제독태감의 직위는 따놓은 당상이 될 것이다!'

결코 헛된 꿈만은 아니다.

수개월 전 조개는 구양백의 명에 의해 목숨을 걸고 곤왕 유대유를 산해관에서 추포해 오는 데 성공했다. 대공을 세운 것이다. 오죽했으면 항상 수하들을 대하는 데 박하던 구양백이 친히 치하의 말까지 했을까?

그 뒤 조개는 구양백의 오른팔이 되었다. 사례감을 항상 출퇴근하며 그의 정사를 보좌하고 은밀한 뒷일까지 책임질 수 있는 명실상부한 이인자가 되었다고 할 수 있었다.

당연히 그의 다음 목표는 구양백의 자리였다.

아직 정정한 상관이긴 하나 개의치 않았다. 언제가 됐든 은퇴할 날은 오게 마련이니까 말이다.

그 같은 생각을 빠르게 끝낸 조개가 이준에게 미미하게 고개를 끄덕여 보였다. 이만 가보란 뜻이다. 여기서부터는 그의 몫이니까.

이준이 바로 알아챘다.

"속하, 이만 물러가겠습니다."

"수고했다."

이준에게 다시 근엄한 고갯짓을 한 조개가 대뜸 송지하를 손짓해 불렀다. 눈에서 광채가 번뜩인다.

"몸은 정갈히 했으렷다!"

"예."

"내 한번 살펴보도록 하지."

"……."

조개가 송지하에게 손을 뻗었다. 이미 이준이 몸수색을 끝마쳤을 테지만 만사불여튼튼이라 했다. 자신의 손으로 다시 한차례 송지하를 살핌은 당연했다.

'나중에 네놈도 내 손에 죽는다!'

송지하가 내심 이를 갈며 조개의 손길에 몸을 맡겼다.

하하(下下)라 해도 무방할 외모다. 몸은 무공을 익힌 탓에 나이에 비해 탄탄한 편이나 얼굴이 아주 최하였다. 저질 중의 저질이었다.

그런데 그런 주제에 감히 자신의 천금지체에 손을 대다니!

속에서 천불이 치솟았다. 반드시 후일 대가를 치르게 할 작정이었다.

그사이 송지하의 몸을 한 군데도 빠짐없이 수색한 조개가 입가에 만족스런 기색을 드러냈다.

역시 자신은 운이 좋다. 손으로 만져 보다 보니 정말 특등품의 몸을 지닌 단역이다. 필시 상관 구양백의 마음에 쏘옥 들 터였다.

"가자."

"예."

앞서 걸어가는 조개의 뒤를 따르며 송지하가 눈을 빛냈다. 드디어 목표로 했던 제독태감 구양백과의 독대가 바로 코앞이었다. 인생 최고의 승부를 걸어야 할 때가 온 것이다.

* * *

건청궁.

평상시 황제가 잡무를 보거나 노니는 이곳의 경계 경비는 생각 밖으로 그리 심하지 않았다.

아니다.

평범한 수준조차 되지 않았다.

이곳으로 향하는 동안 엽자건은 몇 명이나 되는 순찰원 궁녀들을 만나야만 했다. 모두 일류 이상의 고수 급들이었다. 과연 자금성의 내성을 지키는 자들다웠다.

하지만 엽자건에겐 그녀들의 우두머리 격인 부원주 홍인화가 함께하고 있었다. 별다른 위해가 될 리 없었다.

오히려 그는 인사까지 깍듯하게 받았다. 홍인화가 은근히 오늘 밤 황제의 성은을 받을 궁녀로 오해하게끔 만들었기 때문이다.

그런데 건청궁을 앞에 두고 그런 순찰원 궁녀들조차 완전히 자취를 감춰 버렸다.

무주공산(無主空山)이랄까?

엽자건 앞에 모습을 드러낸 건청궁을 표현하기에 이보다 더 나은 말은 없을 것 같았다.

'여기가 진짜 황제가 정무를 보는 곳인가?'

엽자건은 잠시 고심에 빠졌다.

그의 현재 무공 수위는 절대지경까지 반걸음도 안 남은 상태라 할 수 있었다. 내기를 움직여 건청궁 전역을 하나도 빠짐없이 훑어보는 건 그리 어려운 일이 아니었다.

당연히 그는 그리했다.

건청궁이 보이자마자 내기를 일으켜 그곳에서 숨 쉬고 있는 모든 인물들을 마음속으로 투영했다. 첫째로 황제가 진짜 이곳에 있는지를 확인하고, 두 번째로 모든 위험 요소를 파악해 낸 후 움직이기 위함이었다.

그리 오래 걸리지 않았다.

그는 곧 건청궁 안에서 드르렁거리며 코를 골며 숙면에 빠져 있는 한 사내가 있음을 간파해 냈다. 이곳이 내성의 건청궁이니 분명 황제 본인일 터였다.

'코 한번 시원스레 고는구만. 옆에서 옹알거리고 있는 건 궁녀들… 인가?'

전장에서 가끔 봤던 장면이다.

천인장 이상의 고위급 장수들은 종종 제 막사에 약탈해 온 계집들을 들이곤 했다. 한 명일 때도 있으나 둘이나 셋, 혹은 다섯까지 숫자가 늘어나는 경우도 비일비재했다. 어차피 전쟁이 난 곳에선 병권과 무력을 장악한 자가 신이나 다름없이 군림할 수 있었기 때문이다.

물론 정력이 좋아야 하는 건 기본이다.

내심 과연 황제는 아무나 하는 게 아니란 생각을 떠올린 엽자건이 홍인화를 다정하게 바라봤다.

"화 매는 이곳에서 기다리고 계시오."

"예? 하지만……."

"나는 이제부터 폐하께 엎드려서 우리의 사랑을 받아들여주시길 청해야만 하오. 그런 험한 일에 화 매를 끌어들이긴 싫구려."

"…소녀는 그래도 상공과 함께하고 싶을 뿐이옵니다. 부디 함께 고난과 역경을 뛰어넘을 수 있게 해주시옵소서."

"어허, 내 뜻을 어찌 몰라준단 말이오! 화 매는 이곳에 남아서 다른 삿된 자들이 감히 건청궁을 난입해서 폐하에 대한 내 청이 헛되게 되지 않도록 도와주면 족하오."

"상공의 뜻이 정 그러시다면아……."

결국 홍인화가 뜻을 굽혔다.

일순 사르락 옷자락 끌리는 소리와 함께 그녀가 대례를 올렸다. 완전히 정인을 전쟁터로 떠나보내는 아낙이나 다름없는 모습이다.

'끄응, 이것도 정말 못할 짓이군.'

내심 침음을 삼킨 엽자건이 어색하게 홍인화에게 고개를 끄덕여 주었다. 지금 그가 할 수 있는 일의 최선이었다.

잠시 후.

홍인화를 어렵게 떼어놓은 엽자건이 한줄기 바람이 되어 건청궁에 숨어들었다.

부풍무영에 부동무상을 섞었다.

빠름에 은밀함이 더해지니 일순 그의 모습은 종적조차 찾기가 어려워 보인다.

이는 노파심이었다. 혹시 절대지경에 육박한 무공으로도 가늠키 어려운 상대가 건청궁의 호위를 서고 있을지도 모르는 일 아니겠는가.

슥!

그렇게 건청궁 안에 숨어든 엽자건의 입가에 가벼운 호선이 그려졌다.

'역시 괜한 노파심이었다는 건가? 그런데 우리 황상께서는 정말 기운차게도 코를 골고 계시는구만. 옆에 누워 계신 비빈 마마님들은 다들 귀마개라도 하셨나?

엽자건이 의혹을 가질 만하다.

족히 십여 명은 뒹굴 만한 크기에 극도로 화려한 장식이 부조되어 있는 침상 위에는 지금 세 명의 남녀가 잠들어 있었다.

황제 가정제와 두 명의 비빈.

한눈에 보기에도 질펀한 정사 끝인지 대기 중에 묘한 땀 내음이 떠다니고 있었다. 아마 끝난 게 그리 오래되진 않았을 성싶다.

그런데 가정제의 옆에 고양이처럼 몸을 웅크린 채 누워 있는 두 명의 비빈은 아주 잘 자고 있었다. 자칫 대청의 대들보가 무너져 내릴지도 모를 듯한 가정제의 코골이에도 혼곤한 잠에 빠져 일어날 줄을 모른다.

군영에서 오랫동안 생활한 엽자건이 귀마개를 떠올린 건 바로 이 때문이었다. 웬만해선 가정제 정도의 코골이를 들으며 숙면을 취하기 쉽지 않을 터였기 때문이다.

그런 생각 속에 잠시 눈매를 가늘게 만들어 보인 엽자건이 곧 침상으로 다가들었다. 시간이 얼마 없다. 이런 사소한 부분에 고민하고 있을 여유 같은 건 없었다.

그게 실수였다.

그가 막 침상에 도착했을 때였다. 아니다. 그보다 아주 조금 전이었다.

쩌렁!

침상에 대 자로 누워 코를 골던 가정제의 손에서 벼락이 쏟아져 나왔다.

착각이다.

그건 벼락이 아니었다. 오히려 그보다는 폭풍이었다. 활짝 펼쳐진 장심에서 일순 회오리 같은 바람이 웅축되더니, 거의 무방비 상태로 다가들던 엽자건의 가슴을 향해 폭발적으로 터져 나온 것이다.

콰득!

뭔가 박살 나는 소리와 함께 엽자건의 신형이 흡사 용수철처럼 뒤로 튕겨져 날아갔다.

단숨에 수 장여의 거리를 뛰어넘어 반대편 벽에 박혀 버렸다. 가정제가 불현듯 쏟아낸 일격에 변변한 반항조차 해보지 못하고 그리되어 버렸다.

슥!

가정제가 천천히 침상에서 몸을 일으켜 세웠다. 돼지같이 우람한 덩치에 알몸을 그대로 드러낸 채였다. 여전히 그는 무치였다.

"이런 재밌는 놈을 봤나? 당장 죽은 척을 그만두고 일어나지 못할까!"

"……."

순간 벽에 박힌 채 칠공으로 피를 쏟아내고 있던 엽자건의 눈꺼풀이 움찔하고 떨림을 보였다. 그는 겉으로 보이는 모습과 달리 즉사를 면한 것이었다.

第七十三章

만류귀종(萬流歸宗)

少林

林

棍王

소림곤왕

"후욱!"

한차례의 깊고도 짧은 호흡과 함께 엽자건이 눈을 떴다.

가정제의 명령에 따른 것일까?

절대 그런 건 아니었다. 그의 다음 행동을 보면 분명한 답이 나온다.

툭! 투툭!

일순 엽자건이 틀어박혀 있던 벽에서 나무 부스러기들이 떨어져 내렸다.

극히 미세한 변화. 그리고 그와 동시였다.

슥!

눈을 뜬 엽자건의 신형이 흐릿한 분영을 만들며 공중으로 떠올랐다. 그리 낮지 않은 건청궁의 천장에 거의 닿을 정도로 높이 몸을 솟구치더니, 기쾌한 공중제비를 돌았다.

그것만으로 끝일 리 없다.

파파파팡!

여전히 흉물스런 알몸을 그대로 내보이고 있는 가정제의 머리로 엽자건의 각영이 번개처럼 휘몰아쳤다.

여영수형퇴!

다음은 항마연환신퇴였다.

엽자건이 익힌 소림 각법 중 가장 위력이 극강한 것들이 돌풍을 동반한 채 가정제의 상반신 전체를 휘감았다. 족히 만 근이 넘는 바위라 해도 박살 낼 만한 위세!

"역시 재밌는 녀석이로군."

가정제가 나직한 중얼거림과 함께 손을 들어 올렸다. 예의 벼락과 같던 장력을 토해냈던 수장이었다.

빙글!

이번에는 벼락이 아니었다.

그의 수장이 가벼운 흔들림을 보인 순간 엽자건의 몸이 공중에서 크게 맴을 돌았다. 공중제비와 함께 펼쳤던 여영수형퇴와 항마연환신퇴의 기운이 엉켜들어 그의 육신을 반대편으로 옭아매어 버린 것이다.

우당탕!

이번에는 바닥이었다.

공중에서 어설프게 몸이 꼬인 엽자건이 대리석으로 된 바닥에 사정없이 추락했다. 만약 이미 금강불괴체신공을 완성한 몸이 아니었다면 몸 안의 뼈가 모조리 박살 나고 오장육부 역시 압력에 의해 터져 버렸으리라.

그만큼의 충격을 일격에 당했다.

가정제의 한차례 손짓이 불러일으킨 일치고는 지나치게 크다.

이해가 가지 않을 정도다.

엽자건은 깊게 생각하지 않기로 했다.

이곳은 전장이다.

창칼이 마구 튀어나오고, 어디에서 유시가 날아들어 몸에 치명상을 입힐지 모르는 장소였다. 확실히 그렇다고 여겼다. 그게 편하기 때문이다.

혼들.

허리에 힘을 주어 반동으로 신형을 일으켜 세운 엽자건이 곧바로 부동무상을 펼쳐 냈다. 가정제의 후수가 있기 전에 미리 몸의 균형을 흔들었다. 그렇게 함으로써 일단 여유를 가지고자 했다.

그 순간 다시 날아든 벼락같은 일격!

엽자건이 추락한 자리에서 폭음성과 함께 뿌연 먼지가 일어났다. 대리석 바닥이 산산조각 나 형성된 파편이 사방으로 튀어 오르며 벌어진 현상이다.

슥!

그 속을 뚫고 엽자건이 가정제에게 재차 달려들었다.

이미 그의 손에는 패왕검이 역수로 쥐어져 있었다. 주무기인 삼절마곤은 가져오지 못했으나 중검 크기인 패왕검은 허벅지에 숨겨 들어오는 데 성공했다.

찬연한 검광!

육합참마도가 소름 끼치는 기음과 함께 가정제를 아래에서 위로 베어갔다.

여태까지와는 다르다.

전혀 여유를 두지 않은 일격이었다.

가정제를 그만큼 강적으로 판단 내린 까닭이었다.

틀리지 않은 판단이었다.

쉬악!

대기를 가르며 순식간에 가정제의 코앞까지 이르렀던 패왕검의 궤적이 일순 변화했다. 아래에서 위로 솟구치던 검기가 사선으로 흘러내렸다. 아주 자연스레 그리되었다.

빙글.

엽자건은 여기까지 예상하고 있었다.

패왕검과 함께 신형을 중간에 회전시킨 그의 다리가 다시 항마연환신퇴를 펼쳐 냈다.

아래에서 위로 튀어 올랐다가 다시 목덜미로!

발뒤축은 여지없이 가정제의 살집 두둑한 뒷목을 가격했
다. 처음으로 엽자건의 공격이 성공하는 순간이었다.

퍽!

착각이었다.

최소한 눈앞에 드러난 현상은 분명 그리 말하고 있었다.

"큭!"

공격에 성공한 엽자건의 입에서 짤막한 신음이 터져 나왔
다. 더불어 주춤거리며 뒤로 물러서는 움직임의 둔탁함.

그는 마치 거대한 파도에 휘말린 난파선과 다름없이 되었
다. 몇 차례 겅중거리는 뜀뛰기로 가정제와의 거리를 넓히더
니, 거친 호흡을 뿜어내며 신형을 미친 듯 흔들어 보였다. 방
금 전의 공격 중 몸속으로 파고든 압도적인 기파에 몸 전체의
균형이 완전히 깨져 버린 까닭이었다.

흔들! 흔들!

당장에라도 바닥에 무너져 내릴 듯 위태로운 엽자건을 재
밌다는 듯 바라보던 가정제가 그제야 침의를 들어 올렸다. 더
이상 엽자건이 사신에게 어떤 위협노 가할 수 없게 되었음을
선언하는 듯한 모습이다.

과연 그가 침의를 완전히 걸치는 사이, 엽자건은 아무런 행
동도 취하지 못했다. 여전히 몸속에 침투한 상상조차 할 수
없는 막대한 내경에 몸이 폭발하지 않게 하기 위해 전심전력
을 다하고 있을 따름이었다.

가정제가 슬쩍 이를 드러내 보였다.

"짐에게 일격을 성공시켰으니 상을 주겠다. 앞으로 일다경만 더 버텨낸다면 말야."

'큭! 일다경 안에 내가 몸속에 들어온 이 괴상한 진기한테 굴복하리라 생각하는 거냐!'

내심 버럭 소리를 지른 엽자건이 얼른 눈을 감았다.

순간 뇌리 속에 떠오르는 불문의 어귀들.

전날 소림사의 지객당에서 우연찮게 발견했던 천수경언해 상의 설법들이다. 그중에서도 핵심이라 할 수 있는 건 열반경이었다. 꽤나 오랫동안 잊어버리고 있던 그 불법의 보전이 갑자기 엽자건의 머릿속을 꽉 채웠다.

본래 호흡을 중심으로 수행하는 것이 사마타라!

기초 단계에서는 호흡을 단전까지 끌어내리는 것이고, 심화 단계에서는 호흡이 멈추는 단계에까지 가야 한다.

그러니 호흡이 멈춘다 함은 영원히 호흡이 멈춤이 아니다. 호흡이 정지한 것과 같은 경지에 들어간다는 말이다. 또한 호흡이 멈추는 단계가 되면 모든 육근이 멈추게 될지니……

불경의 뇌까림과 함께 엽자건의 눈빛이 깊어졌다.

그는 과거 세수경의 깨달음을 췄던 천수경언해인지 열반경인지 모를 불경 속에서 마음의 평온을 회복했다. 방금 전까지 몹시도 자신을 괴롭히고 있었던 가정제의 괴상한 진기를 관조하듯 바라볼 수 있게 된 것이다.

또한 그로 인해 그는 전날 소림사에서 만난 불목하니 노인을 다시 떠올리게 되었다. 그가 자신을 향해 암송해 줬던 불경의 세심한 해설 역시 마찬가지다. 거기에 흩어졌던 정신을 집중할 수 있게 되었다.

그리하여 이러한 상태에서 사마디가 나타나게 된다.

이는 역시 단순히 호흡이 멈추는 단계에서 나타나는 것이 아니다. 사리자인 진리의 씨앗이 단전에서 태어나야 가능한 것이며, 그러하기 위해서는 관(觀)이 필요하게 되는 것이다.

'그러니 이러한 관(觀)은 사마타와 별도로 존재하는 것이 아니라 그걸로 단전을 보게 된다. 즉, 비파사나가 되는 것이다. 그로 인해 이러한 단전에 선천원기, 즉 부처의 성품이 관을 통하여 나타나게 된다. 사마타[止]! 비파사나[觀]! 이 둘을 함께 닦는 것이 바로 세수경이다. 그곳에 이미 세세하게 일러 가르쳤으니, 모든 것은 결국 만류귀종(萬流歸宗)이라 할 수 있다.'

만류귀종!

여태까지 생각조차 해본 적이 없던 말이다.

역근경에 이어 세수경마저 얻게 된 이후엔 더욱 그러했다. 몸속을 좀먹어 들어가던 칠마의 칠종진기와 역근내경이 세수경에 의해 하나가 되고서는 더욱 그러했다. 전장에서 혈전을 거듭하는 사이 무공이 저절로 진보한 것 역시 그런 안이한 생각을 부채질했다.

굳이 고집스런 궁구에 빠져들 이유가 없었다. 여유였다. 바로 직전까지는 말이다.

그런데 이제 사정이 달라졌다.

엽자건은 평생 처음 본 괴물이라 할 수 있는 가정제의 압도적인 진기에 휘말린 후 비로소 절박해졌다. 수박 겉핥기만 한 채 뒤로 미뤄두고 있던 세수경에 다시 매달릴 수밖에 없었다. 죽고 싶지 않았기 때문이다.

바로 그런 상황에서 떠오른 게 만류귀종이었다.

세수경의 궁극적인 이치!

여태껏 엽자건의 몸속에 깃들어 있던 칠종진기와 역근내경을 하나로 묶어준 매듭의 진면목이었다. 그리 생각되었다. 그리 깨달음을 얻었다.

싱긋!

문득 고통으로 일그러져 있던 엽자건의 입가에 미소가 깃들었다.

염화시중(拈花示衆)의 미소?

전혀 그런 것과는 거리가 멀다. 아예 비슷하지도 않았다. 그냥 평상시와 그다지 다를 것이 없었다.

단! 엽자건은 어느새 관조에서 벗어나 있었다.

자기 자신을 객관적으로 투영하길 포기하고 가정제의 진기가 전해주는 지독한 고통을 받아들였다. 아무런 조건 없이 포용해서 이미 하나가 된 팔대진기의 일원이 되게 만든 것이다. 그리고 빠르게 일다경이란 시간이 지나갔다.

"오호!"

가정제의 눈에 이채가 일었다.

그는 일다경 동안 엽자건이 겪은 변화를 하나도 빼놓지 않고 지켜보고 있었다. 재밌었다. 아주 오랫동안 이렇게까지 귀원마공(歸元魔功)을 버텨내는 자를 보지 못했다.

그래도 결국은 포기할 거라 믿었다.

인간이란 본래 아주 약해빠져서 한 가닥 작은 의심만으로 대공을 이루는 데 실패하곤 했다. 그런 모습을 무수히 많이 보아왔다. 이번이라 해서 다르진 않을 거라 생각했다.

틀렸다.

이번에는 다른 결과물이 튀어나왔다.

엽자건은 일다경이 지나도록 죽지 않았을뿐더러 오히려 가정제가 불어넣은 귀원마공의 진기를 자신의 것으로 만들었다. 찰나간에 꽤나 많은 깨달음을 얻었음이 분명하다. 그의 인생 중 가장 중요한 순간을 만난 것이다.

가정제는 굳이 방해하려 하지 않았다.

예상보다 일이 아주 재밌어졌다. 잠시 더 엽자건을 지켜보고 싶어졌다.

그때 엽자건이 감았던 눈을 떴다.

신광은 없었다.

오히려 과거 예리한 영기가 감돌던 그의 눈빛은 평범한 사람처럼 둔해졌다. 탁기가 느껴지진 않으나 특별함이 엿보이지 않게 변해 버렸다.

반박귀진(返璞歸眞)이다.

너무 뛰어나서 오히려 평범한 것처럼 보이는 경지에 도달한 것이다, 단 한차례의 깨달음만으로.

"한 가지만 묻겠습니다. 그곳에 계신 분은 진짜 중원의 황제 폐하가 맞는 것입니까?"

가정제가 피식 웃었다.

"그게 그리 중요한 것인가?"

"물론입니다. 아직 저는 구족지멸의 대역죄인이 되고 싶은 생각은 없으니까요."

"푸핫!"

가정제의 웃음이 대소로 변했다. 진심으로 유쾌해서 견딜 수 없는 것 같다.

반면 엽자건은 별다른 표정의 변화가 없었다. 조용히 가정제의 대답을 기다리고 있었다. 이제 그를 괴롭히고 있던 괴상한 진기는 극복해 냈다.

생사결!

그에 앞서 가정제의 대답을 들어야만 했다.

그때 가정제가 웃음을 멈췄다.

"당대에 인물은 오로지 곤왕 유대유뿐이라 생각했었다. 그런데 짐의 생각이 틀렸던 것 같구나. 그만 가보거라. 약속했던 대로 네 목숨을 거두진 않겠다."

"폐하, 어째서 곤왕 선배를 뇌옥에 가둔 것인지 물어봐도 되겠습니까?"

"짐에게 질문을 던지는 것이냐?"

"앞에 계신 분이 황제 폐하라 생각하기에 던지는 질문입니다. 곤왕 선배는 중원을 지키는 수호자였으니까요."

"짐이 아니라?"

"천하인들이 그리 생각하고 있습니다."

"네 생각 또한 그렇고?"

"아직 저는 곤왕 선배를 뵙지 못했습니다."

"그럼 보면 되겠구나."

"……."

엽자건의 눈에 이채가 떠오른 것과 동시였다. 번뜩 하는 그림자와 함께 가정제가 그에게 다가들었다.

순간 이동?

그렇게 느껴졌다. 그만큼 빨랐다.

놀라운 점은 엽자건 또한 그에 맞춰 움직임을 보였다는 것이다.

스스스슥!

순간적으로 그의 신형이 아홉 개로 나뉘었다.

특기로 삼던 부동무상이 아니다.

연대구품이었다.

무려 아홉 개나 되는 분영을 만든 채 엽자건은 각기 다른 소림지학을 펼쳐 냈다. 세수경의 참오로 인해 새로운 무학 경지에 올라선 그가 할 수 있는 최대치를 전력으로 쏟아낸 것이다. 분명 그랬다.

그러나 너무 짧았다.

연대구품을 통해 아홉 개나 되는 각기 다른 소림지학을 쏟아낸 엽자건의 신형이 순식간에 하나로 변했다. 강제로 그리되었다. 가정제의 두툼한 손이 어느새 그의 목덜미를 콱 움켜쥐고 있는 까닭이었다.

"케헥! 켁!"

엽자건의 입에서 거친 기침이 터져 나왔다. 방금 전 화려하게 펼쳐 보였던 연대구품이 무색한 모습이다.

그 역시 잠깐뿐이었다.

다시 만면 가득 미소를 머금으려던 가정제의 안색이 슬쩍 바뀌었다. 그의 손에 목덜미를 붙잡힌 채 버둥거리던 엽자건의 신형이 놀라운 유연성을 발휘하며 순간적으로 회전을 일으켰기 때문이다.

빙글!

몸을 일시적으로 활대처럼 굴신시킨 엽자건의 양발이 가

정제의 양쪽 태양혈을 노렸다. 양발을 쫘악 펼쳤다가 맹렬히 하나로 만들었다.

파팍!

가정제는 피하지 못했다.

그대로 태양혈을 양발에 가격당했다.

웬만한 초절정고수라 해도 즉사시킬 만한 일격!

'제길! 이것도 소용없나? 으왁……'

엽자건의 안색이 흐려졌다. 자신의 목덜미를 낚아챈 가정제의 압도적인 손아귀 힘이 전혀 줄어들지 않아서였다.

그때다. 상당한 거리를 유지하고 있던 바닥이 아주 빠르게 다가들었다. 몸을 반대편으로 굴신한 상태 그대로 대리석 바닥에 얼굴이 문대지는 꼴이 된 것이다.

쾅!

엽자건의 머리가 대리석 바닥을 뚫고 들어갔다. 소림 비전 철두공의 위력은 과연 대단했다.

'…망할!'

엽자선이 대리석 바닥에 머리를 박은 채 정신을 잃기 전 마지막으로 떠올린 생각이었다.

툭! 투툭!

엽자건을 한켠으로 내동댕이친 가정제가 목을 몇 차례 두드려 보았다.

방금 전 태양혈에 당한 일격!

그건 꽤나 위험했다. 만약 그가 평범한 무학을 연마한 상태였다면 칠공으로 피를 토하고 죽었을지도 모른다.

"기껏 화경 정도에 머물러 있던 녀석이 느닷없이 깨달음을 얻어 반박귀진에 오르다니…….. 역시 구대문파에 속한 녀석들은 항상 나를 재밌게 만든단 말씀이야."

의미 불명의 뇌까림과 함께 가정제가 엽자건을 옆구리에 꿰어찼다. 갑자기 재밌는 생각이 든 까닭이었다.

슥!

일순 평범을 거부하는 양대고수의 대결로 인해 난장판이 된 건청궁에서 가정제가 모습을 감췄다.

의외로운 점은 이 정도의 소란에도 불구하고 건청궁의 안팎이 조용하다는 것이었다. 너른 침상에 누워 혼곤한 잠에 빠진 두 명의 비빈 역시 변화가 없고.

이상한 일이다.

하지만 근래 자금성이 그랬다.

이런 일들이 그다지 대수롭지 않게 여겨질 만큼 일상적으로 벌어지고 있었다. 가정제가 도학과 선술에 빠져 모든 정무에서 손을 놓았을 때부터 말이다.

*　　　*　　　*

사례감.

은은하게 사위를 비추고 있는 황촛불을 배경으로 둥실둥실 춤을 추고 있던 송지하의 눈에 이채가 스쳐 갔다.

실처럼 가늘어진 눈동자.

그의 최종 목표라 할 수 있는 동창의 일인자 구양백은 언젠가부터 꾸벅거리며 졸고 있었다.

자신을 앞에 두고서 어떻게? 아니, 어째서?

송지하가 슬며시 어금니를 깨물었다. 예인으로서의 자존심에 상처를 받았다. 화가 치밀어 올랐다.

그러나 참아야만 했다. 현재 구양백의 앞에서 춤을 추고 있는 건 예인 송지하가 아니라 대학사 엄숭의 숨겨진 칼인 송지하인 까닭이었다.

여기서 예인의 자존심을 내세워선 안 되었다. 곤란했다. 대신 그는 내심 칼날을 곤추세웠다. 날을 시퍼렇게 벼렸다. 때가 되면 단숨에 구양백을 일도양단하기 위함이었다.

'그런데 참 묘하구나. 제독태감 구양백이라면 동창의 수반답게 엄청난 고수여야 할 터인데, 아무리 조사해도 별다른 내기가 느껴지지 않으니……'

근래 천하가 아주 넓다는 걸 느꼈다.

대학사 엄숭의 권력으로 금의위의 고위직만이 익힐 수 있는 정파지학을 연마한 후 단 한 번도 경험한 바 없었던 거대한 벽을 둘이나 만났다.

바로 엽자건과 이염이었다.

하지만 그 두 사람은 처음부터 대단한 기세를 풍겼다.

강함 그 자체라 할 수 있었다.

특히 엽자건은 압도적이었다. 그가 비무 중 얼핏 내보인 살기는 간담이 크다 자부했던 송지하의 뼛골까지 시리게 만들 지경이었다.

그런 면에서 눈앞의 구양백은 정말 묘했다.

필시 상당히 고강한 무공을 연마했을 터인데, 전혀 강해 보이지 않았다. 평범한 기운에 평범한 내기만이 느껴질 따름이었다. 마치 진짜로 평범한 사람이기라도 한 것처럼 말이다.

그게 송지하를 머뭇거리게 만들었다.

그는 애초에 마음먹었던 대로 구양백을 유혹할 생각조차 하지 못했다. 그럴 엄두가 나지 않았다. 전혀 상대방의 진체가 파악되지 않았기 때문이다.

한데, 바로 그때다.

여태껏 송지하의 고뇌는 아랑곳 않고 고개를 앞뒤로 흔들어대고 있던 구양백이 갑자기 눈을 떴다.

번뜩!

얼떨결에 구양백과 눈을 마주친 송지하의 입에서 짤막한 비명이 터져 나왔다.

"악!"

두 눈이 타버리는 듯하다.

그런 엄청난 고통이 송지하의 영혼을 뇌전처럼 꿰뚫었다. 정신 역시 혼미해져 왔다.

'미혼공? 이혼대법?'

일시 어떤 것도 떠오르지 않는다. 이런 종류의 무공이 존재한다는 건 알지만 단 한 번도 경험해 본 적이 없었다. 그러니 대응법 역시 생각나지 않는 게 당연하다.

그러나 송지하는 백전을 거친 자객이었다.

날 벼려진 칼날이다.

스으!

두 눈을 감고 곧바로 자세를 낮춘 송지하의 수도가 반 호흡의 거리낌도 없이 구양백을 향했다. 마치 똑똑히 눈으로 보기라도 한 것처럼 그의 목을 날려 버리려 했다.

"건방진 놈!"

가벼운 냉소와 함께 구양백의 신형이 주르륵 뒤로 물러났다.

딱 송지하의 수도가 날아든 만큼이다.

더불어 다시 그의 눈에서 일어난 하얀 뇌전!

천기마야마저 놀라게 만들었던 백룡선안이 다시 송지하의 전신을 에워쌌다.

"크악!"

다시 송지하의 입에서 비명이 터져 나왔다.

이미 눈을 감고 있었음에도 별다른 효과가 없었다. 구양백의 백룡선안은 일종의 강기공이 되어 그의 전신을 후려쳤다. 체내의 진기를 맹렬히 끓어오르게 만들었다. 증발시켰다.

풀썩!

결국 벼락이라도 맞은 듯 온몸을 부들부들 떨어대던 송지하가 모든 힘을 잃고 바닥에 무너져 내렸다. 자신했던 보법은 사용해 보지도 못한 채 천하를 위진했던 이대도객 중 하나인 암중귀도의 칼날이 꺾이는 순간이었다.

"……."

잠시 동안 구양백은 자신의 백룡선안에 타격받고 바닥에 무너져 내린 송지하에게 일견조차 던지지 않았다. 애초부터 그에게 별다른 관심이 없었던 것 같다.

아니다. 그런 것은 아니었다.

슥!

슬그머니 송지하의 얼굴을 한차례 손으로 쓰다듬은 구양백의 입가에 아쉬움이 깃들었다.

"쯔읍! 오랜만에 쓸 만한 정기를 지닌 놈을 만나 즐거워했었거늘 하필이면 엄숭과 관련있는 놈이라니……."

나직한 뇌까림.

그와 함께 구양백이 방문을 열고 밖으로 나갔다.

더불어 기다렸다는 듯 사례감의 열두 건물에서 수십 명이 넘는 동창 비밀 위사들이 쏟아져 나왔다. 송지하가 사례감에 들어설 때부터 쭈욱 대기하고 있던 자들이었다.

구양백이 위사들에게 무심히 말했다.

"나와 함께 예당으로 간다!"

"존명!"

동창제일의 고수들인 비밀 위사들이 한목소리로 복명했다.

잠시 후.

예당에서 고단한 몸을 눕힌 채 잠들어 있던 풍월예인단을 비롯한 예인들에게 날벼락이 떨어졌다. 느닷없이 밀어닥친 동창의 비밀 위사들에 의해 굴비처럼 엮여 일제히 황궁의 비밀 뇌옥으로 끌려가게 된 것이다.

당연히 저항자들이 있었다.

본래 뒤가 아주 많이 켕기는 이대취를 비롯한 몇 명의 흑도 출신들의 탈출 시도였다.

완전한 오판이었다.

금성철벽이라 할 수 있는 곳이 자금성이었다. 뒷골목에서 거들먹거리던 실력 가지고 감히 동창 비밀 위사들의 칼날을 감당해 낼 수 있을 리 없었다.

탈출을 감행했던 자들은 단숨에 피투성이가 되었다.

사지육신이 갈기갈기 찢기거나 화살에 고슴도치가 되어 즉사했다. 그나마 눈치가 빨랐던 이대취는 팔 하나만 잘린 채 뇌옥으로 끌려갔다. 본래 한 대 맞을 걸 백 대, 이백 대가 넘게 얻어맞은 셈이었다.

구양백이 뒤늦게 예당으로 달려온 첩형 조개를 차갑게 훑어보다 말했다.

"명일 날이 밝는 대로 대학사 엄숭 일파에 대한 숙청에 들어갈 걸세."

"예? 옛!"

조개가 해연히 놀란 표정을 지었다 얼른 안색을 딱딱히 굳혔다.

동창의 첩형!

결코 녹록한 자리가 아니었다.

무수히 많은 피의 숙청 끝에 오른 혈좌(血座)였다. 언젠가 구양백이 정치적으로 암투를 벌이는 엄숭 일파를 제거할 속셈임을 모를 리 만무했다.

'하지만 너무 이르지 않는가? 폐하의 윤허는 받으신 것일까?'

황제의 윤허.

이거 아주 중요하다.

특히 정적 제거 작업에 들어갈 때는 절대적이라 할 수 있었다. 자칫 잘못하면 먹물들이 아주 좋아하는 명분이란 이름의 괴물에게 역습을 당할 수도 있었기 때문이다.

구양백이 말했다.

"대학사 엄숭은 황권을 수호하는 위치에 있는 동창의 제독인 나 구양백을 암살하려 자객을 보냈네. 이만하면 숙청의 명분으로 충분치 않겠는가?"

"하, 하면 오늘 침소로 들이셨던 그 단역 배우가……."

"암중귀도 송지하. 아주 오랫동안 대학사 엄숭의 구린 일을 대신 처리해 주곤 했던 자라네. 이미 내가 제압해 놨으니 엄숭 일파를 깨끗이 정리할 증좌는 충분하고도 넘칠 만큼 얻어낼 수 있을 것일세."

"…즉시 만전을 기해 준비하도록 하겠습니다!"

"금의위에는 엄숭의 입김이 닿는 자들이 많아. 그러니 병부와 오군도독부에도 연통을 넣어서 북경의 병사들을 이끌고 와야 할 것일세."

"그리하겠습니다!"

"믿겠네."

그 말을 끝으로 구양백이 신형을 돌려세웠다. 한쪽 입꼬리가 슬쩍 치켜 올라간 게 아주 기분이 좋아 보인다.

엄숭 일파의 숙청!

아주 오래전부터 준비해 왔던 일이다. 비로소 이룰 수 있게 되었으니 어찌 슬겁지 않을 것인가.

'쯔쯧, 천기마야도 노파심이 너무 심해. 어차피 대존주께서 원하시는 대로 그저 제자 된 도리만 충실히 수행하면 그만인 것을 어찌 일을 그리 복잡하게 생각하시는지…….'

세상의 이치, 의외로 단순하다.

일인자보다는 이인자!

천하를 다스리는 자를 보좌하며 마음껏 떡고물을 먹는 삶이 최고라 할 수 있었다.

이 같은 권력의 속성에 구양백은 길들여진 지 제법 되었다. 꽤나 오랫동안 마도 북경의 정관계에서 굴러먹은 까닭이다.

그래서 그는 마천의 천기마야나 후금 황천기주의 주장이 마뜩찮았다. 그들의 주장대로 중원을 뒤집어엎는다면 자신이 가진 기득권의 상당수를 포기해야만 했기 때문이다.

그런데 근래 현 황제 가정제가 변했다.

그의 근심을 일거에 씻어내 줄 만한 일이다. 또한 후금의 황천기주나 마천의 천기마야를 배제한 채 독자적으로 움직일 수 있는 교두보가 마련되었다고도 볼 수 있었다.

'…이번에 엄숭 일파를 완벽하게 제거하면 나는 명실상부한 일인지하 만인지상의 지위를 얻게 된다. 천기마야나 황천기주보다 훨씬 가까운 장소에서 대존주를 모실 수 있는 영광과 함께 말이다.'

으쓱!

저도 모르게 어깨에 힘이 들어간 구양백의 걸음이 조금 빨라졌다. 다시 송지하에게 돌아가 그의 정기를 남김없이 빨아먹고 백룡선안으로 자백을 받아내기 위함이었다.

밤이 이미 깊었다.

날이 밝으면 새로운 세상이 열릴 터였다.

                    *   *   *

  얼마나 시간이 지났을까?

  엽자건은 깊은 어둠 속에서 어렵사리 눈을 떴다.

  뚜둑!

  맨처음 느껴진 건 사지육신이 산산조각 나는 듯한 고통이
다. 특히 머리가 깨질 듯이 아프다. 뭔가 거대한 망치로 정수
리를 확실히 얻어맞은 듯하다.

  그래서인지 엽자건은 의식을 회복하는 과정에서 전신의
근골을 일제히 긴장시켰다. 느슨해지지 않게 꽉 조여서 만일
의 사태에 대비했다.

  소림외공을 연마한 자로서 당연한 반응!

  더불어 그는 하단전이 위치한 기해혈의 진기를 움직였다.
몇 차례의 기연을 통해 얻은 팔대진기가 하나로 합쳐진 대
하(大河)와 같은 기운을 기경팔맥과 사지백해로 흘려보냈
다. 몸의 이상을 하나도 빠짐없이 확인하기 위함이었다.

  사부 보종에게 배운 요상법대로였다.

  그러던 중 이상한 일이 발생했다. 기해혈에서 이미 하나가
된 팔대진기 외 다른 이종진기의 감지였다.

  '이건 또 뭐야?'

  엽자건은 세수경을 통해 몸속을 관했다.

  새롭게 등장한 이종진기의 정체를 파악하기 위함이었다.

그러나 이게 또 쉬운 일이 아니었다.

기해혈에 똬리를 튼 채 자리 잡은 이종진기는 놀랍게도 앞서의 팔대진기와 달리 세수경에 굴복할 생각을 하지 않았다. 아무리 무리로 끌어들이려 해도 그냥 홀로 존재하려 했다. 어떠한 합류의 움직임도 보이지 않았다. 아주 지독한 옹고집쟁이를 만난 것이나 다름없다.

기이한 건 그렇다고 난동을 부리지도 않는다는 점이다.

본래 새외칠마의 칠종진기에 아주 고된 꼴을 당한 전례가 있는 엽자건이 보기엔 꽤나 얌전한 놈이었다.

잠시간의 관으로 그 같은 점을 간파한 엽자건이 일단 뒤로 물러났다.

몸의 내외에 커다란 문제가 없음이 확인되었다.

이 이상 시간을 끌고 있을 순 없었다. 이제부터는 자신이 어떤 상황에 빠지게 된 것인지 외부의 일을 파악할 차례였다.

슥!

그 같은 생각을 떠올린 것과 동시에 엽자건이 마음속의 어둠을 헤치고 불쑥 뛰쳐나왔다. 완전무결해진 심신과 함께였다.

"여긴… 서고인가?"

의식을 회복한 장소는 역시 어둡다.

미약한 빛조차 흘러들지 않는 거대한 공간은 범인으로선 한 치 앞도 파악치 못할 듯싶었다. 눈을 뜨기 전이나 별반 다를 것이 없는 상황이었다.

하지만 엽자건은 평범한 사람이 아니었다. 만류귀종의 도리를 깨우쳐 화경을 뛰어넘고 반박귀진에 오른 자였다.

삽시간에 일주천을 끝낸 그의 내기가 상단전으로 몰려가더니, 곧 인당 부근이 환하게 밝아왔다. 불가의 육대신통 중하나인 심안(心眼)이 열린 것이다.

그 결과 엽자건은 주변을 찬찬히 살필 수 있게 되었고, 곧 엄청난 규모의 서가와 고서적들의 산을 발견하게 되었다. 족히 수십만 권이 넘어 보인다.

한눈에 간파할 수 없는 양이다.

소림사의 장경각조차 능가할 것 같다.

아마 천하에 이보다 많은 서책이 있는 곳은 없을지도 모르겠다. 분명 그런 생각이 들었다.

게다가 놀라운 게 또 있다.

엄청난 양의 서책 건너편에서 미약하나마 차디찬 예기가 흘러나오고 있었다. 무수히 많은 전장을 굴러다니던 엽자건을 아주 심하게 자극하는 기운이었다.

슉!

엽자건이 서가를 뒤로하고 예기가 흘러나오는 방향으로 신형을 날렸다. 자신의 예상이 맞는지를 확인하기 위함이었다.

"우왓!"

엽자건은 입을 크게 벌렸다.

예상을 훨씬 뛰어넘는달까?

무수히 많은 서고를 뛰어넘어 그가 도착한 장소는 일종의 거대한 병기고였다.

병고(兵庫).

아주 단순간 이름과 달리 이곳에는 엄청난 양의 병기가 산처럼 쌓여져 있었다. 거의 웬만한 나라의 군사를 모조리 무장시킬 수 있을 만한 수량이었다.

물론 엽자건이 놀란 건 병기의 숫자 따위가 아니다.

질이었다.

그의 눈앞에 쌓여 있는 병기는 하나같이 단금절옥의 신병이기였다. 단 하나만 강호에 출현해도 몇 개의 군소방파가 피바다가 될 만한 명품들이 수두룩했다.

이런 일이 어떻게 가능한 것일까?

그리 깊게 생각할 것도 없이 엽자건은 이곳의 정체를 눈치챘다.

"빌어먹을 황제 같으니라구! 날 황실제일의 밀지라는 황궁무고에 가두다니! 나는 이래 봬도 절강성을 노략질하는 해월낭인대와 죽도록 싸운 충신이란 말야!"

엽자건은 마구 악을 써댔다. 노성이 절로 튀어나왔다.

그도 그럴 것이 이곳이 황궁무고가 맞다면 엽자건은 이제 죽은 목숨이나 다름없었다.

그가 알기로 황제 본인이나 허락을 받은 자만이 황궁무고를 드나들 수 있었다. 만약 다른 자가 이곳에 숨어든다면 그건 중죄였다. 대역죄였다.

그러나 이 같은 분노는 그리 오래가지 않았다.

엽자건은 곧 악쓰기를 멈추고 병고 안의 신병이기들을 세세히 훑어보기 시작했다.

무인으로서의 호기심이 아니다.

그는 갑자기 한 가지 가능성을 떠올렸다. 자금성에서도 가장 경계 경비가 삼엄하다는 황궁무고를 탈출할 수 있는 방도가 생각난 것이다.

'흐응, 이곳에 있는 병기들이 하나같이 쇠를 무 자르듯 하는 신병이기란 말씀이렷다!'

엽자건의 입가에 극도로 사악한 미소가 떠올랐다. 황궁무고를 만들고 이곳에 수십만 권의 서책과 신병이기를 채워놓은 선인(先人)이 안다면 눈을 까뒤집고 통곡할 만한 생각과 함께였다.

슥!

미소를 멈춘 엽자건이 지체없이 병고로 뛰어들었다.

第七十四章

파병천간(破兵天干)

少林
棍王
소림곤왕

◈ 병고에 있는 병기를 모조리 부딪쳐서 가장 강한 물건을 찾으려 하니,
  손에는 천간만이 빛을 발하는구나!

잠복 사흘째.

점차 저물어가고 있는 태양을 한차례 올려다본 환월의 귀
가 쫑긋 하고 섰다.

완전무결한 은신매복 중이다.

모든 신경이 온통 눈앞의 고택에 집중되어 있는 상황에서
일어난 변동은 환월을 긴장시켰다. 지난 이틀간 피의 숙청이
벌어진 북경성 안팎의 상황을 아랑곳하지 않고 기다리던 절
호의 기회가 드디어 모습을 드러낸 까닭이었다.

'백귀야행지세가 흐트러지기 시작했다! 근래 성 안팎이 뒤
숭숭했던 일과 관계있는 것일까?

일부러 신경을 쓰지 않았다.

자칫 눈앞의 먹잇감을 놓칠 가능성이 있었기 때문이다.

그래도 귀살인도의 특급 인자로서의 감이란 게 있다.

환월의 날카로운 감각은 북경성이 완전히 난장판으로 변해가는 세세한 사정을 대충 짐작하고 있었다. 그리고 그 일로 인해 반드시 자신에게 기회가 오리라 여겼다.

과연 그랬다.

지난 이틀간 어떠한 변화도 보이지 않고 굳건히 진세를 유지하고 있던 고택 안의 백귀야행지세가 방금 전 눈에 띌 만큼의 변동이 발생했다. 귀살인도 인자들이 안가로 삼고 있던 고택을 버리고 이동할 준비를 하기 시작한 것이다.

'백귀야행지세가 해제되고 생사귀문이 자리를 비우는 때를 노린다!'

내심 눈을 빛낸 환월이 천천히 움직이기 시작했다. 여태까지처럼 기척을 최대한 지운 채 그림자가 되었다.

꿈틀!

마령귀사는 환야를 앞에 둔 채 눈살을 가볍게 찌푸려 보였다. 그가 방금 전 전해준 정보가 꽤나 마음에 들지 않아서였다.

"당장 연평왕과 함께 북경성 밖으로 철수하라니… 설마 천기마야는 북경에서 실각을 한 것인가?"

환야가 신중한 표정으로 고개를 끄덕여 보였다.

"명령을 내리실 때의 전후 사정을 고려해 보면 그런 판단을 내려도 무방하리라 생각됩니다."

"그대의 생각은?"

마령귀사의 질문에 환야가 눈을 빛냈다.

그는 얼마 전까지 귀살인도의 당주였다. 부상국의 전국시대가 종언을 고하던 시기에 귀살인도 전체의 생사존망을 책임졌던 자다. 현재 북경에서 벌어지고 있는 정세 변화에 민감한 반응을 보일 수밖에 없다.

"당주께서 천기마야의 휘하에 들어가신 건 황권과의 밀접한 유대 관계가 큰 영향을 미친 것이라 사료됩니다. 그래서 구천세야라 불리는 연평왕 납치까지 감행하신 것이고요."

"분명 그랬지. 나는 이번 기회에 귀살인도를 중원에 뿌리내리게 하고 싶었으니까. 그런데 갑자기 이런 일이 벌어지니, 어찌해야 할지 모르겠군."

"우리에게는 연평왕이 있습니다. 그는 현 중원의 황제와 매우 친분이 돈독한 자이니 충분히 우리 귀살인도의 방패막이가 돼줄 수 있을 겁니다."

"그렇겠지. 하지만 천기마야는 무서운 자야. 비록 북경에서 실각했다 해도 마천이란 엄청난 조직을 가지고 있고 말야."

"언제나 그렇습니다."

"언제나 그렇다?"

"그렇습니다. 귀살인도의 당주 된 자는 언제나 선택의 순간을 맞게 마련입니다. 귀살인도 전체의 목숨이 자신에게 달려 있기 때문이지요."

"……."

마령귀사가 입을 다물었다.

그는 꽤나 오랫동안 귀살인도를 떠나 있었다. 홀로 중원을 떠돌며 살수왕이란 명호까지 얻게 되었다.

하지만 그때와 현재는 다르다.

그는 환야의 말대로 귀살인도 전체의 명운을 양어깨에 짊어지고 있었다. 자기 혼자만의 목숨과 명예만 지키면 되었던 때와는 사정이 완전히 달라졌다.

'일단은 천기마야의 명에 따른다! 하지만 예방책 역시 마련해 두는 게 나을 테지?'

내심 결정을 내린 마령귀사가 갑자기 화제를 전환했다.

"환월의 실력은 어느 정도였나?"

"환… 월을 말씀하시는 겁니까?"

"그래."

잠시의 고심 끝에 환야가 대답했다.

"실력 면으로만 본다면 이미 귀살인도 제일이라 할 수 있었습니다."

"그렇군."

미미하게 고개를 끄덕여 보인 마령귀사가 곧바로 명을 내렸다.

"지금부터 북경성 밖으로 퇴각하도록 준비하게."

"존명!"

"단! 암호 체계는 여태까지와 동일하게 유지하도록!"

"……."

환야가 의아한 기색을 잠시 얼굴에 드러내 보인 후 곧바로 복명했다.

'역시!'

환월의 입가에 흐릿한 미소가 떠올랐다.

그녀가 보는 앞에서 고택에 포진해 있던 귀살인도는 빠르게 퇴각하고 있었다. 백귀야행지세 역시 풀렸음은 두말하면 잔소리일 터였다.

그래도 그녀는 잠시 더 기다리기로 했다.

비록 백귀야행지세가 완전히 해제되었다곤 해도 그곳에는 아직 마령귀사와 환야가 존재했다.

개개인이 환월과 비교해 결코 떨어지지 않는 특급 인자들!

결코 쉽사리 볼 수 없다.

특히 사람을 구출해 오는 일이기에 더욱 그러했다.

'그런데 이상하구나. 어째서 암호나 움직임에 여직까지 별다른 변화가 보이지 않는 것일까?'

눈앞에 보이는 백귀야행지세!

이미 한차례 파훼당한 바 있었다. 생사귀문 앞까지 환월의 침입을 허용한 것이다.

당연히 지금쯤 진세 자체가 바뀌었어야만 했다.

이미 파탄이 드러난 방어진이다.

새롭게 체제를 손보지 않았다는 건 결코 귀살인도답지 않은 일이었다.

그러나 환월의 의혹 어린 생각은 여기까지였다.

어느새 고택 안에서 귀살인도 인자들이 사방으로 빠져나가고 있었다.

사마난추(四馬難追)!

네 마리 말이 끄는 마차는 따르기가 어렵다는 고사를 따서 만들어낸 귀살인도 특유의 퇴각법이다. 이런 식으로 흔적을 사방으로 흩어놓았다가 미리 약속한 장소에서 합류한다.

'그래도 파탄은 있다. 항상 가장 늦게 출발하는 자가 가장 먼저 약속된 장소에 도착하는 법이니까.'

짤막한 생각과 함께 환월이 고양이처럼 웅크리고 있던 몸을 살짝 움직였다.

자세 바꾸기!

더불어 평상시와 비할 데 없을 만큼 안력을 끌어올린 그녀의 신형이 곧 한줄기 바람으로 변했다. 고택 안에서 마지막 인자가 빠져나간 것과 동시의 일이었다.

      *   *   *

풍월루.

새벽부터 대문을 부수고 안으로 난입해 들어온 철담협개를 바라보는 이염의 표정이 심히 마뜩잖다.

가뜩이나 사이가 나빴던 부자지간이다. 근래 서로 고집을 피우다 원치 않던 혼인식까지 올리게 된 터라 그를 보는 시선이 결코 고울 수가 없었다.

"새벽부터 어째 또 오신 겁니까? 다시는 저랑 보실 일이 없을 거라 하셨던 것 같습니다만?"

"그랬었지."

"그런데요?"

"미우나 고우나 내 자식이다. 하나밖에 남지 않은 자식놈을 다시 내 손으로 묻을 순 없기에 온 것이다."

"예?"

이염의 눈매가 가늘어졌다. 부친 철담협개가 갑자기 노망이 났는가 싶어하는 모습이다.

철담협개가 단호히 선수를 쳤다.

"나 아직 노망나지 않았다."

"그럼요?"

"놈! 진짜 그리 생각한 것이었냐!"

"……."

이염이 대답 대신 어깨를 한차례 으쓱해 보였다. 결코 부인하는 모습은 아니다.

으득!

자연스레 이를 갈아 보인 철담협개가 가벼운 한숨과 함께 빠르게 말을 이었다.

"후유, 곧 남빈로로 오군도독부의 관병들이 몰려들 것이니라. 그러니 얼른 새아가와 함께 피하도록 하거라."

"역시 황궁연회에서 문제가 발생한 겁니까?"

"대충 그런 일이 아니겠느냐? 여직까지 자건이 녀석이 돌아오지 않고 있으니 말이다."

"으음……."

나직한 신음과 함께 이염이 청룡도를 빼들었다. 눈에서는 어느새 흉맹한 살기가 넘실거린다.

"무슨 짓을 하려는 것이냐?"

"자금성으로 쳐들어갈 작정입니다!"

"뭐어?"

"엽 무상이 실패했으니, 이젠 저라도 자금성으로 뛰어들어서 곤왕을 찾아야 하지 않겠습니까?"

"그를 구출하기 위해 목숨을 걸겠다는 것이냐?"

"그를 구출하긴 뭘 구출합니까? 그가 미친 황제한테 목이 잘리기 전에 한번 싸워보려는 거지요."

"미친놈!"

철담협개가 욕설과 함께 손을 들어 올렸다. 이염의 어처구니없는 소리에 하마터면 이성이 날아갈 뻔했다.

그때 뒤늦게 겉옷을 걸치고 대충 얼굴을 매만진 묘선랑이 안채에서 모습을 드러냈다.

새신부답게 부끄러움이 가득한 얼굴엔 평소완 달리 짙은 화장기가 전혀 보이지 않는다. 며칠 새 사람이 완전히 달라진 것 같다.

"아버님, 오셨습니까?"

"새… 아가……?"

"얼른 조반을 챙겨 드리겠습니다. 일단 들어와 좌정하시지요."

다소곳한 자세로 다가와 조심스레 말을 건네는 묘선랑의 모습에 철담협개가 미미하게 고개를 끄덕여 보였다. 이염이 아주 어처구니없는 혼인을 한 건 아니란 생각이 든 까닭이다.

그때 철담협개 뒤로 일수풍개가 다가들었다. 얼굴이 아주 엉망이 된 게 며칠 전 이염에게 얻어맞은 자리가 아직 아물려면 먼 모습이다.

찌릿!

이염의 살기 어린 눈빛에 목을 쑥 집어넣은 그가 철담협개에게 다급한 목소리로 말했다.

"관병들이 남빈로에 거의 도착했습니다. 지금 즉시 북경성을 빠져나가야 할 것 같습니다."

"귓구멍은 마련해 놓았겠지?"

"거지들이 오가는 통로가 셋 있습니다. 하지만 오군도독부에서 움직였으니 언제 막힐지 모릅니다. 어서 이동하시지요."

"그러도록 하지."

철담협개가 대답과 함께 이염에게 얼른 재촉의 시선을 던졌다. 그가 진짜로 자금성으로 뛰어들 것을 경계하는 한마디역시 잊지 않는다.

"인석아, 이젠 너도 홀몸이 아니니라. 새아가와 함께 얼른내 뒤를 따르도록 하거라!"

"쿠, 쿨럭! 홀몸이 아니라니……."

"아버님!"

각혈에 가까운 기침을 터뜨린 이염과 달리 묘선랑은 어느새 두 눈에 촉촉한 물기를 머금은 채 철담협개에게 달려들었다. 혼인식 날 뒤도 돌아보지 않고 떠나갔던 그가 드디어 자신을 며느리로 인정했다는 기쁨 때문이었다.

반면 이염은 안색이 붉으락푸르락이었다.

그는 근래 어떡하면 묘선랑을 떼어놓고 달아날까만 생각하고 있었다. 또한 그게 마땅하다고 여겼다.

그런데 부친 철담협개가 묘선랑을 며느리로 인정하는 눈치다.

이리되면 꼼짝달싹할 수 없게 된다.

이날 이때까지 부친 철담협개를 원망해 왔던 이유 중 하나가 모친과 가문을 내팽개치고 거지로서 천하를 횡행하고 다닌 것이었기 때문이다.

'제기랄! 제기랄! 제기랄!'

내심 연달아 욕설을 내뱉은 이염이 청룡도를 힘없이 내려뜨렸다.

좋으나 싫으나 그는 이제 유부남이었다.

가정을 이룬 몸이었다.

부친 철담협개의 말대로 여태까지처럼 함부로 목숨을 하찮게 여길 수는 없었다.

슥!

얼른 한 손으로 묘선랑의 허리를 감싸 안은 이염이 천생의 살기를 누그러뜨린 채 말했다.

"아버님께서 앞장서 주시겠습니까?"

"그러마."

철담협개가 미미하게 고개를 끄덕여 보였다.

아주 오랫동안 팽팽하게 유지되던 부자지간의 해묵은 감정, 이런 식으로 해결의 첫발자국을 내딛게 된다.

잠시 후.

남빈로를 대표하던 풍월루가 거대한 불길에 휩싸였다. 이미 점소이며 숙수며 기녀들은 모조리 루주인 묘선랑에게 한 재산씩을 받아 챙긴 채 도주한 지 오래였다. 오군도독부 관병들은 헛걸음을 하게 된 셈이었고.

"풍월루가 불탄다!"

"풍월루가 불타? 그럼 앞으로 어디서 술을 마시지?"

"이 사람, 남빈로에서 술 마실 곳이 없을까 봐?"

"남빈로 흑방이 망했다던데, 그럼 한동안 보호비를 안 내도 되겠구만."

"안 내긴! 금방 또 다른 독목혈랑이 등장할 텐데 뭐."

"하긴!"

활활 타오르고 있는 풍월루를 바라보며 남빈로 사람들이 한마디씩을 던졌다.

모두 부질없고 의미없는 말들이다.

하루 벌어 하루 먹고사는 남빈로 사람들에게 있어서 오늘 벌어진 일은 한나절 얘깃거리도 되지 않았다. 모두 잠시 더 구경하다 각자의 일터로 흩어져 갔다. 기본적으로 자신들과는 관련없는 일이라 생각했기 때문이다.

*   *   *

'허허, 이 엄청난 무(武)의 보고를 앞에 두고서 갑자기 병고 쪽으로 가서 뭘 하는가 했더니, 정말 엉뚱한 녀석이 들어오지 않았는가?

어둠의 한켠.

평상시처럼 황궁무고의 서고 중 한곳에 몸을 기댄 채 병서 하나를 읽고 있던 유대유의 눈에 이채가 어렸다. 엽자건이 병고 쪽으로 신형을 날린 직후의 일이었다.

사흘쯤 지났을까?

평상시와 달리 한밤중에 황궁무고를 찾은 가정제는 혼절한 엽자건을 바닥에 내동댕이치고 유유히 돌아갔다. 다른 때처럼 유대유에게 장생불사의 비법을 찾았냐는 질문조차 던지지 않은 채였다.

관심이 가지 않을 수가 없다.

유대유는 얼른 엽자건에게 다가가 그의 상세를 살폈다. 가정제에 대한 호기심 때문이다.

그 결과 그는 엽자건이 죽지 않았다는 걸 알아냈다.

단지 그뿐이었다.

완전히 정신을 잃은 엽자건은 특별히 중상을 당한 게 아니었나. 그냥 의식을 상실한 상태였다. 굳이 부상을 고쳐 줄 필요성을 느끼지 못했다.

잠시의 고심 끝에 유대유는 엽자건에 대해서 일단 관심을 끊기로 했다. 그냥 내버려 두면 알아서 깨어날 거라 여겼다.

그렇게 사흘이 흘러 정신을 차린 엽자건은 다시금 유대유의 관심을 끌게 되었다. 일어나자마자 주변에 널리고 널려 있

는 무공 비급이나 보물 같은 서책이 아니라 병고 쪽으로 달려
간 까닭이었다.

아니다.

그런 것만으로 유대유의 관심을 끌 수는 없다.

그의 다음 행동이 걸작이었다. 병고로 달려들어 가 병기대
에 널려 있던 신병이기들을 잔뜩 끄집어내서 벌인 행동 말이
다.

창!

섬뜩한 굉음과 함께 반 토막 난 칼날이 바닥에 떨어져 내렸
다.

오왕광검(吳王光劍).

춘추전국시대의 유명한 오왕 합려가 사용하던 보검이다.
어장(魚腸)이나 간장(干將), 막야(莫耶) 등과 비교해 걸고 떨어
질 것이 없는 신병이라 할 수 있겠다.

그 신검이 방금 전 두 토막 났다.

도배가 두툼한 묵색의 장도가 가한 일격에 그리되었다.

까닥!

엽자건이 고개를 한차례 옆으로 뉘어 보이곤 다른 검을 들
어 올렸다. 반 토막 난 오왕광검은 이미 한켠으로 치워져 있
다. 쓰레기처럼 말이다.

캉!

이번에는 끝이 세모꼴로 뾰족한 협봉검이었다. 그 협봉검이 묵색 장도에 다시 잘려 나갔다. 이번 장도는 제법 오래 버틴다. 꽤나 질이 좋은 것 같다.

그리 오래가진 않았다.

다섯 번째 만에 묵색 장도 역시 두 토막 났다.

오색 영롱한 빛이 깃들어 있는 천간(天干)이란 이름의 검에 그리되었다.

"좋아!"

엽자건이 이번에는 천간검을 들어 올렸다.

다른 병기가 묵색 장도의 역할을 대신하게 되었음은 물론이었다.

'설마… 병고에 있는 병기를 모조리 부딪쳐서 가장 강한 물건을 찾으려는 건가?'

분명 그래 보인다.

달리 어떻게도 설명할 수가 없는 짓거리다.

그럼 어째서 그런 짓을 하는 것일까?

유대유는 곧 한 가지 가정을 세울 수 있었다. 엽자건이 괴물로 변한 가정제에게 붙잡혀 들어왔다는 점을 감안하고서 얻어낸 결론이었다.

'폐하를 죽일 작정이구나!'

가능성을 떠올린 것만으로 불경스럽다고 여길 만한 일이

다. 어려서부터 유교적인 충효의(忠孝義)에 대한 교육을 철저히 받아온 유대유에겐 더욱 그러하다.

그러나 유대유는 생각이 트인 사람이었다.

특히 현 황제인 가정제에 대해서 심각한 의구심을 품고 있었다. 근래 산공독을 모조리 소멸시켜 내공을 회복한 건 바로 그 같은 점을 확인하기 위함이었다. 엽자건의 어처구니없는 짓거리 속에서 그 같은 가능성을 떠올리지 못할 까닭이 없다.

그렇다면 확인해 봐야 한다.

진짜로 엽자건이 그 같은 마음을 품고 있는지를.

스륵!

문득 유대유의 손에 들려 있던 병서가 공중으로 떠오르더니, 일순 쏜살같이 날아갔다. 여전히 신병이기 부수기에 여념이 없던 엽자건이 목표였다.

흠칫!

막 수중의 천간검을 아래로 휘두르려던 엽자건이 이맛살을 찌푸렸다.

그것만으로 끝일 리 없다.

그의 수중에 들려 있던 천간검이 뒤로 내쳐졌다. 아예 처음부터 그리하려 했던 것처럼 빠르고 매끄럽다.

우웅!

천간검의 검신은 빙결처럼 매끄럽다. 웬만한 신병이기조

차 그리 큰 부담 없이 몇 개나 잘라 버렸다.

그런데 이 느낌은 무언가?

엽자건은 뒤로 내친 천간검으로부터 밀려든 기묘한 기파에 손을 가볍게 떨어 보였다.

그뿐 아니다. 어느새 떨림은 손목을 따라서 어깨까지 전이되어 왔다. 아예 전신을 모조리 감염시켜 버릴 듯한 기세다. 분명 그랬다.

흔들.

엽자건은 전혀 그럴 생각이 없었다.

떨림이 시작된 쪽의 발끝을 축으로 그는 재빨리 신형을 회전시켰다. 그렇게 함으로써 천간검에 전달된 기세를 크게 죽여 버렸다.

더불어 더욱 가속시킨 발걸음.

패앵!

순식간에 대여섯 바퀴를 더욱 회전한 엽자건의 손에서 천간검이 튀어나갔다.

비검술?

그보다는 이기어검(以氣御劍)에 더 가깝다. 세수경으로 제련된 경력이 담긴 천간검은 쏜살같이 공간을 가로질렀다. 아주 잠시 잠깐 만에 이뤄진 반격이었다.

츄악!

그러나 약간 늦었다. 그런 것 같다.

엽자건의 손을 떠난 천간검은 곧 커다란 원을 그리며 돌아 왔다. 어떤 결과물도 얻지 못한 채였다.

'과연 황궁무고란 건가? 아주 대단한 고수를 수호신으로 두고 있었잖아!'

엽자건은 입술을 낼름 핥았다.

갑자기 아주 재밌어진다.

혼자라고 여겼던 황궁무고 안에 자신 외에 다른 사람이 있다는 걸 알게 되었다. 어떻게든 붙잡아서 있는 대로 토해내게 만들어야 할 터였다.

"아마 쉽게 나와주진 않을 테지? 여태까지 숨어 있었으니까 말야! 하지만 나는 붙잡아서 몇 가지 물어봐야 할 것 같으니까 계속 꼭꼭 숨어 있으라구! 잡히면 좀 괴로워질지도 모르니까 말야! 알았지?"

"……."

엽자건의 예상대로 대답은 돌아오지 않았다. 조용했다.

으쓱!

어깨를 한차례 추어 보인 엽자건이 기감을 전력으로 확장시켜 주변을 살피며 천천히 걸음을 옮겨놓기 시작했다. 손에는 여전히 천간검이 쥐어져 있는 상태였다.

그렇게 한 시진가량 지났을까?

엽자건은 드넓기가 소림사제일의 연무장을 뛰어넘는 황궁무고를 이 잡듯 살피던 중 문득 걸음을 멈춰 세웠다.

뭔가를 발견해서가 아니다.

뱃속에서 갑자기 미칠 듯 밥벌레들이 울어대고 있었다. 그가 정신을 잃어버린 게 사흘이나 지났으니 지극히 당연한 자연의 섭리라 할 수 있겠다.

물론 엽자건은 일반인이 아니다.

이미 절대지경에 오른 것이나 다름없는 반박귀진의 고수였다. 내공의 힘으로 어느 정도 공복감을 상쇄시킬 수 있었다. 억지로나마 지금까지와 마찬가지로 활동력을 발휘하는 게 불가능하진 않았다. 여태까지 그리해 왔다.

단! 방금 전 그의 뱃속에 있는 밥벌레들을 미치게 만든 건 코끝을 스쳐 간 냄새였다.

그다지 특별할 것도 없다.

그냥 돼지 뒷다리 구이에 오리 구이 약간, 몇 가지 따끈한 탕국물과 화채 종류가 곁들어져 있다.

일반 시정의 주점이나 주루에서 그리 어렵지 않게 주문할 수 있는 음식들이었다. 어째서 이리 세세히 머릿속에 음식의 종류와 맛, 육질 등이 떠오르는 것인지 이해가 가지 않는다.

'분명 그랬는데… 제기랄, 못 참겠잖아!'

내심 몇 차례 침을 꼴깍거린 엽자건의 신형이 궁신탄영과 같은 형태를 취하더니, 폭발적으로 날아올랐다. 맨처음 그의 코끝을 통해 후두부까지 일직선으로 강타해 들어온 음식 냄새가 날아든 방향이었다.

스슥!

태어나 가장 빨리 신형을 날려온 엽자건의 앞에는 진수성
찬이 차려져 있었다.

그의 후각은 정확했다.

진짜로 지금 눈앞에는 한상 떡 벌어지게 온갖 요리들이 차
려져 있었다. 사흘이 넘게 굶주린 엽자건을 위해 향기로운 냄
새를 한껏 자랑해 댔다.

"이거 고민 때리게 만드네. 하지만 내 뱃속의 회충들을 그
냥 잠재울 방법은 이제 없는 것 같으니까 어쩔 수 없는 것인
가?"

나직한 뇌까림.

그러나 얼굴에는 그다지 고뇌의 기색이 보이지 않는다. 궁
신탄영을 펼치기 전에 이미 마음의 결정을 내려놓은 상태였
기 때문이다.

털썩!

요리들 앞에 아무렇게나 주저앉은 엽자건이 양손을 모두
사용해서 입에 음식을 쑤셔 박기 시작했다. 느닷없이 병고로
달려가서 신병이기들을 끌어모을 때와 마찬가지다. 별다른
고민이나 망설임이 보이지 않는다.

우걱! 우걱!

시원스레 식사를 했다.

'과연 장생불패라 불리는 소림사란 것인가? 보종과 종경 외에 저런 인재를 배출해 낼 줄이야!'

유대유는 멀찍이 떨어진 곳에서 엽자건의 훔쳐보며 내심 크게 즐거워했다.

그와 소림사의 관계는 꽤나 묘하다고 할 수 있다.

본래 군문의 명문이라 할 수 있는 유가천위보에서 태어난 그는 어렸을 때부터 여러 무공 스승을 두었다. 후일 군부에 투신하기 위해 무공의 기초를 잡을 필요성이 있었기 때문이다.

운이 좋았달까?

몇 명의 무공 스승들 중에는 진짜 실력을 갖춘 무림 고수가 속해 있었는데, 천기곤(天氣棍) 이양흠이었다.

소림외가의 일맥을 이은 이양흠은 곤법의 절정고수로 우연찮게 유대유의 천재적인 재능을 보고 유가천위보에 머물렀다. 자신이 말년에 완성한 형초장검의 곤법을 완성시켜 줄 적임자로 유대유를 점찍은 까닭이었다.

그러나 어린 유대유의 재능은 이양흠의 예상을 월등히 뛰어넘었다. 그를 완전히 전율하게 만들었다. 고작해야 수년 만에 그 자신조차 만들기만 했을 뿐 대성치 못한 형초장검의 곤법을 완벽하게 연성하는 데 성공한 것이다. 진정 천하무쌍의 재능이라 할 수 있었다.

그 결과 이양흠은 욕심을 부리게 되었다.

말년에 얻은 제자를 천하제일의 무인으로 키우고 싶었다. 그럴 자신이 있었다.

그래서 그는 죽는 순간까지 최대한 많은 무공 전적과 영약을 구해왔고, 유대유의 무공은 부쩍부쩍 늘게 되었다. 진짜로 천하무적의 무인을 키우는 데 성공한 것이다.

잠시 마음속의 유일한 스승인 이양흠을 떠올린 유대유의 봉황안에 문득 맑은 기운이 감돌았다.

'이 노사께서는 항상 자신이 소림사의 제자임을 자랑스러워하셨다. 소림사에서 외가에 속한 그분을 정식 제자로 인정하진 않았지만 죽는 순간까지 분명 그리 생각하셨어. 그러니 내가 이곳에서 얻은 것을 소림사 제자에게 돌려주는 것은 지극히 마땅한 일일 것이다.'

그가 황궁무고에서 얻은 것 중 최고!

다름 아닌 소림곤법총요다.

전날 소림사를 찾았을 때 그저 흔적만이 남아 있던 오호란의 원형을 짐작해 낼 수 있는 단초가 담겨 있기 때문이다. 그곳에서 그걸 찾아낼 수 있을지 없을지는 개인의 능력에 달려 있다고 볼 수 있겠지만 말이다.

슥!

품속에서 끄집어낸 무경을 유대유가 잠시 만지작거리다 저번과 동일한 수법으로 엽자건에게 집어 던졌다. 이번에는 조금 더 강한 경력이 담겨져 있었다. 이 정도는 충분히 해소할 만한 능력이 있다는 판단이었다.

'망할! 밥 먹을 때는 개도 안 건드린다는데……'

엽자건은 아직 부족했다.

사흘이나 굶은 위장은 쉽사리 만족감을 표시하지 않았다. 계속 '더더!'를 외치고 있었다. 만약 다른 때 같았다면 웬만한 암습을 당했다 해도 적당히 무시하고 식사를 포기하지 않았을 것이다.

하지만 상황이 웬만하지가 않다.

어느새 뒤통수가 뜨끈해져 온다. 저번과 마찬가지로 아주 화끈한 기운을 돌풍처럼 몸에 두른 채 날아들고 있었다. 뭔지는 모르겠지만.

우웅!

엽자건보다 먼저 옆에 놔뒀던 천간검이 울음을 터뜨렸다. 절세의 신병답게 주인의 위험을 미리 감지해 낸 것이다. 기특한 짓이다.

파팟!

엽자건이 방금 전까지 오리 다리를 들고 있던 손을 맹렬히 뒤로 내쳐 냈다.

장력이나 권법이 아니다.

저번과 비슷한 상황을 염두한 금나수였다. 금룡십이해로

자신의 상반신 전체를 그물처럼 휘감고서 맹렬한 기운을 품은 암기를 낚아채 갔다.

찌릿!

엽자건의 손끝으로부터 저번과 같은 기묘한 기운이 빠르게 치솟아올랐다. 물론 이번에는 미리 대비하고 있었기에 당황할 것이 없었다.

파라락!

한차례 손을 털어내는 동작으로 기묘한 기운의 폭주를 사방으로 분산시킨 엽자건이 한쪽 입꼬리를 슬쩍 치켜올렸다. 사량발천근이 아주 제대로 들어갔다.

"또 책이야?"

엽자건은 손에 들려진 한 권의 누런 책자를 힐끔 눈으로 훑곤 눈매를 험상궂게 만들었다.

저번에는 급한 와중에 천간검으로 토막 냈다.

이번에는 혹시나 해서 손으로 낚아챘는데, 사방에 무수히 널리고 널린 책이 다시 눈에 들어오니 기분이 상했다. 죽도록 추격하고도 흔적조차 발견치 못한 미지의 상대방에게 완전히 희롱을 당한 것 같다.

툭!

엽자건이 책자를 뒤로 내던진 순간, 그의 뇌리 속에서 불쑥 낯선 목소리가 울려 퍼졌다.

[나이답지 않게 병법을 아는 자라 여겼거늘, 어리석고 용렬

하지 않은가?]

'드디어 내게 말을 거셨다?'

엽자건이 소매로 입술을 훔치며 입가에 다시 예의 미소를 만들어냈다. 이 같은 반응을 기다려 왔다. 설마 소림사에서도 익힌 자가 몇 없다고 알려진 혜광심어를 경험하게 될 줄은 몰랐지만 말이다.

"어리석고 용렬하다는 건 내가 독이 든 음식을 집어먹었기 때문인 겁니까? 아니면 집어 던져 주신 책자의 내용조차 살필 생각을 하지 않았기 때문입니까?"

[독이 든 음식인 걸 알고 있었나?]

"뭐 뻔한 것 아닙니까? 이런 곳에 처박아두고서 제대로 된 음식을 줄 이유는 없으니까요."

[그럼 독에 대한 방비 역시 해놨겠군?]

"뭐, 몇 가지 사정이 있어서 독에 대해선 좀 박식한 편입니다. 이 정도 산공독 따위는 적당히 먹고 몸 밖으로 배출해 내면 되지요."

엽자건이 말과 함께 식지를 들이 올렸다.

피시식!

일순 검붉게 변했던 그의 식지 끝으로 시커먼 연기가 피어올랐다. 음식물을 통해 그의 몸속에 침투해 들어왔던 산공독이 배출과 동시에 삼매진화에 의해 모조리 태워진 것이다.

[소림의 탄지신통을 그런 식으로 응용하다니, 참 대단한 인

재로구나. 황상께는 어떤 불충을 범한 것이지?]

"불충이라……."

엽자건이 말끝을 흐리며 씁쓸한 표정을 지어 보였다.

황제 가정제와 싸우던 중 그동안 얻지 못했던 세수경의 진체 중 일부를 깨달았다. 덕분에 화경을 살짝 넘는 수준이었던 내공이 반박귀진에 도달하게까지 되었다.

하지만 기분이 썩 좋지 않다. 가정제에게 당한 패배와 현재 자신에게 혜광심어로 말하고 있는 절대고수의 존재가 그의 심사를 복잡하게 만들었다.

그의 그 같은 심사를 눈치챘음인가?

다시 머릿속에서 혜광심어가 울려 퍼졌다.

[황상은 현재 인세에 등장한 괴물이나 다름없다. 무공이 적어도 반선(半仙)에 오른 분이니, 일패도지했다 하여 억울해할 것은 없을 것이다.]

"그럼 선배는 어떻습니까?"

[나?]

"그 반선지경에 오른 것 같은 황제를 이길 수 있는 겁니까? 곤왕 유대유 선배님!"

엽자건의 기습적인 질문에 잠시 혜광심어가 끊겼다. 이런 식의 도발적인 질문과 넘겨짚기로 들이댈 줄은 몰랐기 때문이다.

으쓱!

엽자건이 어깨를 추어 보였다.

자신의 예상이 맞는 것 같다. 잠시간의 침묵 속에서 그런 감을 확실하게 잡아냈다.

'그럼 반선지경에 올랐다는 황제는 도대체 무슨 생각을 하고 있는 거지? 설마하니 나랑 곤왕 선배를 함께 황궁무고에 가둬놓고서 심심할 때마다 찾아와서 구경을 할 작정인 건가?'

그럴지도 모르겠다.

본래 엽자건은 소주에서 부잣집이나 귀족들의 집에서 공연을 뛰면서 그들의 온갖 천태만상을 지켜본 바 있었다. 돈 많고 시간 남아돌고 하릴없는 종자들이 어떤 식으로 말도 안 되게 인생을 탕진하는지를 봐온 것이다.

그런 의미에서 황제는 최정점이라 할 수 있지 않을까?

천하가 혼란한 걸로 봐서 선정을 베푸는 명군이 아닌 건 분명할 터. 제 개인의 사욕이나 채우면서 평생을 보냈을 인간이 살짝 미쳐서 독특하게 즐기겠다는 마음이 들었을 가능성을 아주 배제할 수 없었다.

[그 점을 모르겠기에 아직 이곳에 남아 있는 것이다.]

'역시 그런 건가?'

엽자건은 환호성을 터뜨리지 않았다.

황궁무고 안에서 반박귀진에 도달한 무공으로도 당최 종적을 찾을 수 없던 인물이다. 혜광심어나 기타 소림사 무공에 대한 이해가 높은 걸로 보아 천하에 곤왕 유대유를 제외하고 다른 이를 떠올릴 수 없는 게 당연하다.

대신 그는 유대유가 과연 황제 가정제를 상대할 수 있는지에 대해 의문을 품고 있었다. 당세 중원제일인조차 가정제를 제압할 수 없다면 향후 문제가 보통 큰 게 아닐 터였다. 황궁무고 탈출도 꿈이 될 것이고 말이다.

슥!

엽자건이 그 같은 상념과 함께 바닥에 내동댕이쳤던 책자를 집어들었다.

소림곤법총요!

소림사 장경각에서도 본 적이 없던 이름이다.

하지만 천하의 곤왕 유대유가 건네준 무경이다. 결코 수월히 여길 수 없다.

팔랑!

엽자건이 무경의 첫장을 넘겼을 때였다.

문득 꽤나 정체되어 있던 황궁무고의 대기가 바뀌었다.

아주 미묘한 변화이나 천하를 오시할 정도의 무력을 지닌 곤왕 유대유나 엽자건이 간파하지 못할 리 만무하다.

'천도문과 연결된 황궁무고의 비밀문이 아니라 다른 쪽이 열린 것인가?

'누군가 황궁무고에 들어왔구나!'

찰나의 깨달음과 함께 곤왕 유대유는 신형을 움직였고, 엽자건은 무경을 품속에 쑤셔 박았다.

일단은 그리해야 할 것 같았다.

주(註)

오왕 합려:춘추전국시대 오월동주(吳越同舟), 와신상담(臥薪嘗膽)으로 유명한 오나라의 대왕. 보통 합려왕으로 불리며 보검을 모으길 좋아했다고 전해진다.

어장검:물고기 창자 속의 검이란 뜻으로 오왕 합려가 공자 광(光)이던 시절, 전제를 시켜서 요왕을 암살할 때 쓰여졌다는 명검이다. 월나라 출신의 명장 구야자는 이 어장검 외에 초나라 왕을 위해 담로, 거궐, 승사, 순구라는 다섯 개의 검을 만들어 바쳤다고 한다.

간장검:명장 간장이 만든 명검으로 막야와 함께 춘추전국시대 십대명검 중 하나. 간장과 막야는 본래 부부로 이 두 사람은 명장 구야자의 제자라 한다.

第七十五章

이강제유(以剛制柔)

少林
棍王
소림곤왕

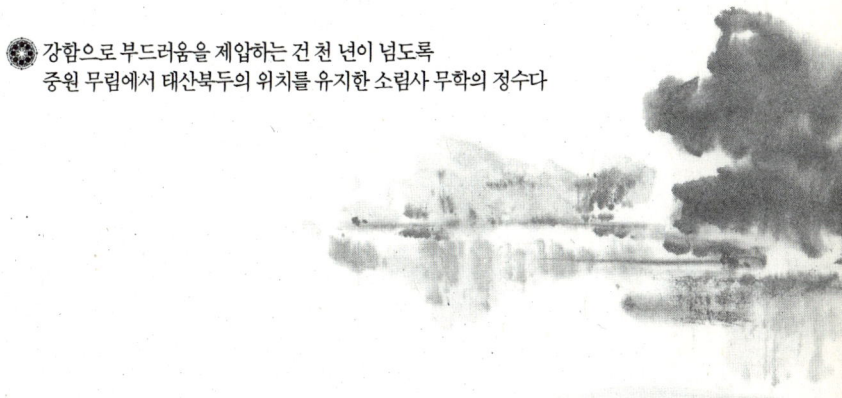

강함으로 부드러움을 제압하는 건 천 년이 넘도록
중원 무림에서 태산북두의 위치를 유지한 소림사 무학의 정수다

덜컹!

거대한 철문이 열리는 소리는 제법 컸다.

꽤나 오래전부터 굳게 닫혀져 있던 문이 열린 것이라 후드득 떨어져 내리는 녹 역시 결코 적지 않다.

툭툭!

동창 제독태감 구양백은 어깨를 한차례 털어 보였다. 점잖게 차려입은 관복에 묻은 녹을 털어내기 위함이었다.

그의 배후에 서서 주변 경계를 시키고 있던 첩형 조개가 조심스런 표정으로 말했다.

"공공님, 정말 홀로 들어갈 작정이신지요?"

이강제유(以剛制柔) 163

"그렇네. 잠시면 되니, 그동안 황궁보고로 이르는 길목이나 잘 지키고 있게나."

"염려 마십시오! 현재 이곳에는 동창의 최정예 위사들뿐 아니라 금의위의 고수들 역시 잔뜩 포진해 있으니까요."

"만약 일이 잘못되면 그 정도론 부족할 걸세."

"예?"

"아니야. 그런 일은 벌어지지 않을 테니, 그냥 이곳만 잘 지키고 있게나."

"존명!"

조개가 진실로 충직한 표정과 함께 복명했다.

지난 며칠간 북경 관계에는 피의 숙청이 자행되었다.

자금성 안쪽은 동창이 움직이고, 북경의 내외는 병부와 오군도독부의 수만 명이 넘는 장졸들로 득시글거렸다. 대학사 엄숭 일파를 하나도 빠짐없이 잡아들이기 위함이었다.

덕분에 현재 자금성 일대의 모든 권력은 구양백에게 결집되어져 있었다. 누구도 부인할 수 없는 사실이었다. 황제 가 정제가 줄곧 그의 전횡에 침묵하고 있었기에.

'생각했던 것 이상이다! 구양 공공이 진짜로 엄숭 대학사를 날려 버렸어!'

크게 접혔던 허리를 바로 한 조개의 양어깨에 저도 모르게 힘이 잔뜩 들어갔다. 목 역시 마찬가지다. 북경 권력의 정점에 오를 날이 그리 멀지 않았다 여긴 까닭이었다. 겉으로 보이는 모습은 정말 그러했다.

황궁보고로 향하는 길목 저편.

큼지막한 건물의 기둥 사이에 궁녀 한 명이 굴곡이 심한 몸을 교묘하게 숨기고 있었다. 전날 엽자건의 환몽사안에 걸려든 순찰원 부원주 홍인화였다.

'지난 며칠간 자금성의 비밀 뇌옥 다섯 군데를 이 잡듯 뒤졌는데도 엽 상공님을 찾을 수 없었다. 그러니 이제 생각해 볼 수 있는 장소는 황궁보고뿐이다. 그곳에는 고래로부터 대역죄를 저지른 황실의 인물들을 가둬서 죽이곤 했으니까.'

자금성 내원의 밤을 책임지는 곳이 바로 순찰원이다.

그곳의 부원주인 홍인화는 꽤나 많은 황실과 자금성의 비밀을 알고 있었는데, 황궁보고에 대한 사항은 그중 하나였다. 그녀 역시 말로만 전해 들었을 뿐이나 엽자건에 대한 애끓는 연모지심으로 결국 이 은밀한 장소까지 찾아오게 되었다.

운이 좋았달까?

그녀는 황궁보고로 들어갈 수 있는 철문이 있는 장소를 찾던 중 동창 제독태감 구양백의 기이한 행보를 포착했다. 대학사 엄숭 일파를 숙청하는 바쁜 와중에 황궁보고를 직접 찾아나선 걸 우연찮게 확인하게된 것이다.

그렇다 해도 주변엔 온통 동창과 금의위의 고수들 천지다.

비록 그녀 역시 무공이 보통이 아니라곤 하나 숨어 있는 장소에서 옴짝달싹도 할 수 없었다. 일단 오늘은 황궁보고의 정문을 확인한 것만으로 만족해야 할 터였다.

'그래도 구양 공공이 나오는 걸 확인은 해야겠다. 그가 엽상공님에게 해코지를 할 수도 있으니까. 진짜 그렇다면 내 목숨을 걸고서라도 반드시 복수를 하고 말 것이다.'

이게 환몽사안의 무서운 점이다.

홍인화는 지금 엽자건에 대한 사랑에 완전히 미쳐 있었다. 그를 위해서 어떤 짓이든 할 작정이었다.

*　　　　*　　　　*

'보고(寶庫) 쪽 방면인가?'

갑자기 변한 대기의 흐름을 따라 한줄기 빛살이 되어 신형을 날리고 있던 유대유의 봉황안이 이채를 발했다.

황궁무고에 갇힌 지 꽤나 오래되었다.

그동안 거의 서고(書庫)가 있는 장소에서 보냈으나 대충 이 광대한 창고가 몇 개나 되는 구역으로 나뉘져 있음은 파악하고 있었다.

그중에서도 가장 커다랗게 나뉜 구역을 보자면 보고와 무고(武庫)를 들 수 있겠다.

보고는 황실의 재산 중 무가지보라 할 만한 보물을 보관하는 장소고, 무고는 병서와 무경, 사서 등이 있는 서고와 신병이기가 있는 병고의 통칭이다.

해서 본래 황궁무고라고 무림에 알려진 이 거대한 창고의 진짜 명칭은 황궁보고라 할 수 있었다. 실제 황실에서의 정식 명칭 또한 그랬고 말이다.

당연하달까?

보고와 무고는 구역이 확실하게 나뉘어 있었다.

중간에 몇 개나 되는 살벌한 기관과 장애물을 넘어야만 반대편으로 넘어갈 수 있었다. 혹시라도 황실의 보물이 약탈되는 걸 방비하기 위해 이중, 삼중의 안전 장치를 마련해 놓은 것이라 할 수 있겠다.

스스스스슥!

물론 유대유에겐 모두 그리 큰 장애물은 되지 못했다.

그는 서고를 떠난 지 한식경이 지나기 전에 무고를 빠져나와 보고 앞에 이를 수 있었다. 중간에서 만난 기관과 장애물은 그의 털끝 한 올 건들 수 없었다. 애초에 무리였다.

그렇게 도착한 장소.

무수히 많은 보물들을 종류별로 나눠놓는 수십 개가 넘는 창고로 향하는 갈림길 앞에 한 명의 늙은 태감이 서 있었다. 얼마 전 황궁보고로 홀로 들어선 구양백이었다.

"당신은……."

먼저 말문을 뗀 유대유에게 구양백이 느물거리는 미소를 입가에 매단 채 허리를 슬쩍 숙여 보였다. 당대 중원제일의 무인에 대한 그 나름의 예를 차려 보인 것이다. 그리고 말한다.

"처음 뵙겠소이다, 유 장군. 본인은 동창의 제독을 맡고 있는 구양백이라 하외다."

"으음."

유대유의 봉황안에 다시 이채가 어렸다.

동창의 제독태감 구양백.

아주 오래전부터 얘기를 들어왔다. 그와 관계가 깊은 병부의 장군들 중 상당수가 현재 국정을 책임지는 위치에 있는 대학사 엄숭과 연줄을 대고 있었다. 그의 거의 유일무이한 맞수라 할 만한 구양백에 대해 관심이 없을 리 만무했다.

또한 동창은 이번에 유대유를 붙잡아 오는 데 주도적으로 움직였다. 황제 가정제의 괴물 같은 능력을 눈앞에서 보지 않았다면 모든 음모의 배후 주모자로 눈앞의 늙은 태감을 지목하지 않을 이유를 찾기 어려웠을 것이다.

구양백이 입가에 다시 미소를 지어 보였다. 유대유가 침묵하는 이유를 짐작한 듯하다.

"허허, 유 장군께서도 생각이 참 많기도 하셨을 것이오만……."

"그렇지 않았소이다."

"…그렇지 않았다?"

"이곳에 갇힌 후 몇 차례나 황상을 뵈었소이다. 어찌 많은 생각을 할 수 있었겠소이까?"

"허허, 그런……."

구양백의 입가에 매달려 있던 미소가 헛웃음으로 바뀌었다. 황제 가정제가 유대유에게 관심이 있다는 건 익히 짐작하고 있던 바였다. 하지만 그동안 자신 몰래 두 사람이 접촉하고 있었다니, 조금 예상 밖이다.

'그렇다는 건 이곳 말고 다른 쪽으로 황궁무고로 향하는 비밀 문이 있다는 뜻일 터!'

내심 염두를 굴린 구양백이 미소를 거둔 후 말을 이었다.

"그럼 내 단도직입적으로 묻겠소이다. 유 장군께서는 근래 중원에 벌어진 혼란에 대해서 어찌 생각하고 있소이까?"

"공공의 말은 마치 중원의 내외에서 벌어진 혼란이 누군가의 농간에 의한 것인 것처럼 들리오만?"

"바로 알아들으셨소이다. 근래 중원에서 벌어진 일련의 혼란에는 분명 배후가 있소이다."

"후금의 황천기주?"

"그는 패웅이오. 스스로 자립하여 황제가 되고자 하는 자이니 음모나 꾸밀 자는 아니지 않겠소이까?"

"황천기주조차 뒤에서 조종하는 배후가 있다는 뜻이오?"

"비슷하외다. 이번에 유 장군을 산해관에서 붙잡아 오게 만들고 계속 죽이려 했던 자 역시 동일인이고 말이외다."

"……."

유대유의 안색에 침중한 기색이 어렸다. 구양백이 한 말이 모두 사실이라면 문제가 심각하다. 중원의 최중심부까지 음모의 주재자는 마의 손길을 뻗치고 있는 것이었기 때문이다.

구양백이 말을 이었다.

"그래서 본인은 유 장군에게 한 가지 청탁을 하러 힘든 걸음을 하게 되었소이다."

"말씀하시오."

"마천의 주인인 천기마야를 죽여주시기 바라오!"

"마천의 주인인 천기마야? 그자가 모든 음모의 주재자라 말하시는 것이오?"

"그렇소이다. 천하에 오직 유 장군만이 그를 제거해서 중원을 구할 수 있소이다. 또한 그것이 바로 폐하에 대한 충성이 될 것이외다."

"폐하께서도 마천이나 천기마야에 대해 알고 계시오?"

"그건… 본인이 말할 자격이 없는 사안이외다."

"그렇구려."

유대유가 미미하게 고개를 끄덕여 보였다. 천하를 오시하던 그조차 괴물처럼 느꼈던 가정제였다. 어찌 고작해야 초절정의 경지를 조금 넘어 보이는 무위를 지닌 눈앞의 구양백이 그 존재를 간파할 수 있었겠는가.

그때다.

구양백이 갑자기 눈에 독특한 백색 뇌광을 담았다. 백룡선안을 일으킨 것이다.

"그리고 그전에 한 가지 청이 더 있소이다."

"본인에게 비무를 청하시려는 것이오?"

"천기마야의 무위는 상상을 초월할 지경이오. 어쩌면 후금의 황천기주보다 더욱 뛰어날 수도 있을 터인즉, 유 장군의 진정한 무위를 잠시 확인해 봐야겠소이다."

"······."

유대유가 대답 대신 천천히 한 손을 앞으로 내밀어 보였다. 선공을 양보하겠다는 뜻이었다.

"후회할 거외다."

"그럴 일은 없을 거라 사료되오만."

"갈!"

순간 나직한 일갈과 함께 구양백이 눈에 담고 있던 백색 뇌전을 전력으로 쏟아냈다. 백룡선안 중 최강의 공격 수법인 백룡탄강(白龍彈罡)의 발현이었다.

번쩍!

천지를 가를 법한 뇌광의 폭발!

그러나 이미 유대유는 자리를 이동하고 있었다. 여태까지 본 적이 없을 만큼 고속이다. 그럴 만한 가치가 있다고 여긴 것이다, 구양백이 일으킨 백룡탄강에는.

물론 그것만으로 끝일 리 없다.

부아앙!

유대유의 빈손이 허공을 가로질렀다. 애병인 묵룡천뢰곤은 없었다. 산해관에서 이미 빼앗겨 버렸다. 죄인 된 몸으로 여태까지 황궁무고에 갇혀 있었다.

아니다.

유대유는 빈손이 아니었다. 절대 그렇지 않았다.

몽롱한 아지랑이와 함께 일어난 회오리 같은 기류!

초고속의 속도로 천지를 가른 백룡탄강의 중간을 끊어버린다. 일도양단(一刀兩斷)이다.

쩡!

쇳소리가 일었다. 그것도 완전히 한쪽이 박살 나거나 끊기는 듯한 소음이다.

흠칫!

구양백이 몸을 가볍게 떨었다.

'강기를 곤으로 구현시킨 것인가? 하지만 어찌 백룡탄강을 중간에서 끊어버릴 수 있단 말인가!'

상식 밖이다.

최소한 그가 아는 바로는 그러했다.

하지만 그때 다시 그의 인후를 노리며 강기곤이 날아들었다. 아직 일초식의 변화조차 끝나지 않았을 때였다.

스슥!

구양백이 좌우로 신형을 분산시켰다.

더불어 다시 백룡탄강을 연달아 쏟아낸다. 자신이 할 수 있는 최대치의 공격을 아낌없이 펼쳐 보인 것이다.

소용없는 짓이었다.

유대유의 강기곤은 이미 목표를 정하고 있었다.

중간에 분산시킨 구양백의 진체를 향해 똑바로 날아들었다. 수십 개가 넘게 형성된 백룡탄강 중 단 하나도 그의 털끝조차 건들이지 못했다.

"우왁!"

구양백이 단말마에 가까운 비명과 함께 뒤로 튕겨져 날아갔다. 이미 그를 자신만만하게 만들었던 백룡선안은 씻은 듯 사라져 흔적조차 보이지 않는다. 진체가 제압당하자마자 벌어진 일이었다.

스으!

유대유가 비로소 고속의 움직임을 멈췄다. 처음 등장할 때와 전혀 달라진 바가 없는 모습은 여유롭기까지 하다.

반면 예상치 못했던 굴욕적인 패배를 당한 구양백의 안색은 시커멓게 변해 있었다. 내상이 자못 심각하다. 당장 아무도 없는 곳으로 놀아가서 운기조식을 해야만 할 터였다. ·

하지만 그는 자존심이 있는 사람이었다.

거의 목젖까지 치밀어 오른 핏물을 꿀꺽 삼킨 그가 억지로 입가에 미소를 만들어냈다.

"과, 과연 대단하시오! 이미 산공독 따위는 깨끗이 제거하셨구려?"

"양보해 주신 덕분이오."

"겸양의 말씀. 그럼 명일 밤 자시경에 내 황궁보고의 문을 열어놓을 테니까……."

"잠시만 기다려 주셨으면 하오만?"

구양백의 눈빛이 바뀌었다.

"…본인의 부탁을 들어주지 않으시겠다는 뜻이오?"

"아직 이곳에서 확인해야만 할 일이 있소이다. 마천과 천기마야에 대해선 내 향후 따로 조치를 취할 터인즉, 구양 공공은 심려하지 않아도 될 것이오."

"유 장군, 뭔가 착각하고 계신 것 아니오?"

"착각이라면?"

"내 방금 전까지 대학사 엄숭 일파를 숙청하고 온 길이외다. 병부와 오군도독부의 십만 대병이 철통같이 북경 일대를 포위하고 있는 중이고 말이외다."

십만 대병!

엄포다. 허세였다. 전시에도 그만한 병력을 황도인 북경에 집결시키기란 결코 쉬운 일이 아니었기 때문이다.

그래도 유대유는 구양백의 말을 무시하지 않았다.

그가 대학사 엄숭 일파를 모조리 숙청했다면 향후 일인지하 만인지상의 위치에 오른 것이라 할 수 있을 터였다. 마천이나 천기마야의 척살을 유대유에게 요청할 자격은 확실히 갖췄다고 볼 수 있었다.

"엄숭 대학사가 숙청된 건 참 애석한 일이오. 하지만 본인은 역시 이곳에 잠시 더 머물러야겠소이다."

"유 장군!"

"살펴 가도록 하시오."

소리를 지르다 입 밖으로 검붉은 핏물을 내보인 구양백에게 유대유가 군례를 취해 보였다. 대역죄인의 몸으로 황궁무고에 억류되어 있으나 여전히 군부에 속한 자다운 예의를 잊지 않은 것이다.

슥!

손을 앞으로 내뻗었던 구양백의 미간이 미세한 떨림을 보였다.

어느새 그의 앞에는 어둑어둑한 공간만이 남아 있었다.

더 이상의 대화를 허락지 않고 유대유는 처음에 등장할 때와 다름없이 모습을 감춘 것이다. 여전히 수없이 많은 기관과 장애물이 흉험한 이빨을 내밀고 있는 무고 쪽으로.

순간 참고 참았던 핏덩이가 구양백의 입 밖으로 터져 나왔다.

"우웩! 주, 죽일 놈! 감히 나 구양백의 말을 씹어먹다니! 내결코 네놈을 용서치 않으리라! 천기마야를 죽이고 마천을 장악한 후 반드시 산 채로 네놈의 살을 뜯어먹고 말 것이야!"

돌아오는 대답은 없다.

본래 기대조차 하지 않았다. 단지 울분의 분출에 불과했다.

곧 평상시와 같은 이성을 회복한 구양백이 여전히 피가 묻어 있는 입가를 소매로 슥슥 훔치곤 신형을 돌려세웠다. 어느새 표정은 차갑게 가라앉아 있고 눈빛 역시 형형한 기운을 뿜어낸다. 백룡선안의 공능이 발현한 까닭이다.

'천기마야나 황천기주가 어째서 곤왕 유대유를 죽이고 싶어했는지 항상 궁금했었다. 그런데 이젠 그 이유를 알겠구나.'

직접 상대해 보고 알았다.

곤왕 유대유가 어떤 사람인지를. 그의 막강함을. 어째서 홀로 중원을 지금까지 지킬 수 있었는지를.

내심의 중얼거림과 함께 구양백이 천천히 걸음을 옮겼다. 대학사 엄숭을 제거한 후 마천까지 욕심이 생겼다. 천기마야를 찍어낼 마음을 품게 된 것이다. 그래서 곤왕 유대유를 찾아와 회유하려 했던 것이고.

그 첫 번째 계획이 실패한 이상 이젠 조금 더 바삐 움직여야만 한다. 병부와 오군도독부의 수만 군세를 수족처럼 부릴 수 있는 동안 천기마야가 북경에 심어놓은 마천의 세력을 모조리 제거해야만 했기 때문이다.

*   *   *

"심심하구만……."

엽자건은 잠시 동안 대기의 흐름이 바뀐 방향 쪽에 신경을 쓰다가 고개를 살짝 갸웃해 보였다.

잠깐 사이에 벌어진 일은 대기의 흐름 변화만이 아니다.

곧 서북쪽 방면에서 기묘한 기관음이 잇달아 일어나더니, 몇 가지 불규칙한 소음이 그 뒤를 따랐다. 누군가 초고속의 움직임으로 달려가 기관을 파훼하고 있다는 걸 짐작케 하는 상황 변화였다.

물론 그게 누군지는 안다.

쉽사리 짐작이 간다. 방금 전까지 엽자건의 머릿속을 제멋대로 헤집고 있던 혜광심어가 사라진 것과 무관할 리 없으니 말이다.

잠시의 갈등 끝에 엽자건은 유대유 추격을 포기했다.

어차피 여태까지 흔적조차 찾을 길 없던 사람이다. 이제 다시 그의 뒤를 쫓는다 한들 큰 의미는 없었다. 자신이 나타나고 싶으면 나타나고 사라지고 싶으면 또한 그리할 터였기 때문이다.

'그러니 역시 이럴 땐 책이나 보는 게 낫겠지?'

내심 어깨를 한차례 추어 보인 엽자건이 품속에 쑤셔 넣어 뒀던 무경을 꺼냈다. 과연 '소림곤법총요'라는 광오한 이름에 걸맞은 내용이 적혀 있는지 살펴볼 작정이었다.

잠시 후.

엽자건은 무경의 마지막 책장을 넘겼다.

맨 처음 제법 느리던 책장 넘어가는 속도는 점차 빨라지다 나중엔 광속이나 다름없이 변했다.

그럴 수밖에 없다.

유대유가 던져 준 무경 속에 담긴 내용은 별다를 것이 없었다.

그냥 소림 야차곤의 평범한 초식이 전부였다.

모두 엽자건이 사부 보종에게 처음으로 곤을 든 순간부터 배웠던 기본 중의 기본들이었다. 전혀 특별할 것이 없었다. 어느 한 가지도.

"뭐야아! 이건?"

엽자건은 입을 쑥 내민 채 무경을 뒤로 내던지려다 참았다.

그래도 무신이라 불리는 유대유가 준 거다. 혹시라도 자신이 못 보고 지나친 특별한 부분이 있을지도 몰랐다. 이중으로 기록된 파자라던가 말이다.

그때 다시 서북쪽에서 요란한 소음이 전달되어 왔다.

처음보다 작다.

귀를 꽤 열심히 기울여서야 소리의 흔적을 찾을 수 있을 정도다.

'처음과는 다르다는 건가? 과연 중원의 무신이라 불리는 선배로구만!'

이번 역시 쉽사리 짐작할 수 있는 상황이다.

그래도 감탄사가 절로 흘러나오는 건 어찌할 수 없다. 그냥 그럴 거라 생각할 뿐이다. 진짜로 그리할 수 있는 사람이 있다는 건 그야말로 신화나 전설상에서나 떠올릴 수 있을 만한 일이다.

그렇게 다시 촌각이 흘렀을 때였다.

잠시 사라졌던 혜광심어가 다시 엽자건의 뇌리 속으로 돌아왔다.

[많이 기다렸느냐?]

엽자건이 양손을 들며 어깨를 으쓱해 보였다.

"전혀요. 가셨던 일은 잘 해결하고 오셨습니까?"

[적당히 해결하고 왔다. 그럼 소림 야차곤을 펼쳐 보도록 하거라.]

"예?"

[보종의 소림 야차곤법을 펼쳐 보라 하는 것이다. 너는 보종이 키운 제자가 아니더냐?]

'이런 귀신 같은 선배님을 봤나!'

엽자건은 단숨에 자신의 사승 내력을 간파한 유대유에게 내심 혀를 내둘렀다.

상상 이상이라고 할까?

내심 곤왕 유대유를 반드시 뛰어넘어야 할 목표로 상정하고 있던 터라 엽자건이 느낀 놀라움은 더했다. 어째서 사부 보종같이 자존심 센 사람이 파문을 각오했는지 알 것 같았다.

소림사를 뛰쳐나와 전장을 전전하면서도 그는 눈앞의 경이로운 무인을 어떻게든 능가하고 싶었으리라.

물론 거기까지만이다.

엽자건에게 있어 유대유는 사부 보종과 같은 자리를 차지하지 못했다. 어떻게 해도 그리되진 않았다.

싱긋!

문득 입가에 특유의 강인한 미소를 매달았다.

"정확히는 오호파천곤입니다."

[오호파천곤?]

"사부님은 소림사의 오호란을 되살리기 위해서 스스로 파문을 자처하셨습니다. 무수히 많은 전장을 돌아다니며 곤법을 단련했고요. 그러니 소림사의 오호란에 사부님의 명호를 붙이는 건 당연한 거 아니겠습니까?"

[말한 만큼의 위력이 있는지 내게 보여주거라.]

"그러도록 합지요!"

힘찬 대답과 함께 엽자건이 천간검을 바닥에 박았다. 항상 패용하고 있던 삼절마곤을 잃어버렸으나 상관없었다. 이미 반박귀진에 진입했으니, 병기의 유무가 그리 큰 문제가 되지는 않을 성싶다.

스사삭!

발 움직임이 가볍다.

또한 허공을 상대로 자세를 취한 양손은 이미 오호파천곤의 기수식을 취하고 있다. 분명 그러했다.

파팟!

더불어 순간적으로 엽자건의 전신에서 일어난 기파!

호신강기를 능가하는 곤압이다. 분명 그랬다. 삼절마곤 없이도 확실하게 그 같은 기운을 만들어냈다. 재현해 냈다, 그 압도적인 파괴력을.

이강제유(以剛制柔)!

강함으로 부드러움을 제압하는 건 천 년이 넘도록 중원 무림에서 태산북두의 위치를 유지한 소림사 무학의 정수였다. 대원칙이었다.

개중에서도 최고라 할 수 있는 소림곤이다.

야차곤이다.

그걸 확실히 계승해 낸 오호파천곤이었다. 한차례 무형곤을 휘두르니 천기가 조각날 듯 대기가 진동함은 당연했다. 반드시 그리하도록 전수받았다.

부아앙!

그때 또다시 일어난 곤명과 함께 오호파천곤이 하나하나 모습을 드러내기 시작했다.

―소야차 육로!

첫 번째로 시작된 여섯 가지 작은 동작이 대기를 휘젓는다.

자잘한 파랑을 만들어서 시전자인 엽자건의 전신에 얇은 곤막을 형성해 냈다.

─대야차 육로!

이번에는 동작이 커졌다. 힘차졌다. 당연히 그 속에 담긴 기운 역시 마찬가지로 웅혼해졌다. 단숨에 천하를 뒤집어 버릴 듯하다. 이미 만들진 수십 개의 자잘한 곤막이 크게 세력을 확장하더니, 사방으로 마구 뿜어져 나갔다.

─음수 육로!

갑자기 동작이 바뀌었다. 당장에라도 서고 전체를 박살 내버릴 듯 휘몰아치던 기경이 잦아들었다. 마치 새색시의 첫날밤이나 다름없다. 작은 숨결 한 올마저도 느껴질 만큼 고요해지더니, 곧 거미줄처럼 수백 가닥이나 되는 음유한 기운을 뿜어냈다. 그야말로 절세검객이 평생 정련해 낸 검기나 다름없다.

─배곤삼로 무정세!

거미줄이 일순 무시무시한 살기로 바뀌었다. 아무런 기척도 없이 다가들더니, 곧 전신을 갈기갈기 찢어발길 듯하다. 흡사 하늘에서 떨어진 벼락에 일도양단이라도 당한 듯한 기세다.

─천사일로 무정세!

모든 동작이 갑자기 무(無)로 돌아갔다. 여태까지 사방을 휘감고 있던 무형곤이 동작을 멈추더니 침묵 속에 자신을 가둬 버렸다.

꿈이라도 꾼 것일까?

진짜 그런 생각을 떠올릴 찰나였다.

쉬악!

엽자건의 손에서 갑자기 탄궁처럼 튀어나간 무형곤이 한 가닥 벼락으로 변했다. 서고의 한쪽 귀퉁이에 족히 사람 하나는 빠져나갈 만한 구멍을 만들어놓은 것이다.

흔들!

그제야 엽자건의 정신없이 움식이던 보법이 변화를 멈춰 냈다. 오호파천곤의 형과 식, 하나하나를 펼쳐 내는 동안 족히 수천 명이 넘는 무림 고수들을 상대했다. 전장의 한복판에 들어갔을 때와 동일한 감각으로 모든 시연을 끝내고자 했고, 결국 그리해 냈다.

더불어 한쪽으로 가볍게 늘어진 어깨의 선.

엽자건의 손끝에 잠시 허무란 놈이 머물렀다가 조용히 발걸음을 돌려세웠다. 이제 더 이상 볼 일이 없어졌다는 듯 무정하게 떠나갔다.

'어? 이거 생각했던 것보다 괜찮은데?'

잠시 혼자만의 생각에 빠져 있던 엽자건이 갑자기 눈에 이채를 담았다.

어째서 이런 일이 벌어진 것일까?

방금 전 엽자건이 시연해 낸 오호파천곤은 과거와 조금 달랐다.

형과 식, 투로는 그대로다.

전혀 바뀐 것이 없었다. 애초부터 사조뻘인 곤왕 유대유 앞이라 변초 자체를 극단적일 정도로 배제했다. 사부 보종에게 배운 그대로를 아무런 가감 없이 펼쳐 보이는 데 집중했다.

그런데 달랐다.

처음으로 무형곤을 사용해 시연한 오호파천곤은 일순 엽자건을 몰아지경에 빠지게 했다. 일시 천지간에 무형곤과 자신만이 남은 듯한 지순의 교감을 느꼈다.

위력?

결코 예전과 같을 수 없다. 굳이 천사일로 무정세의 마지막 동작으로 만들어진 커다란 구멍을 살펴보지 않아도 되었다. 이미 스스로가 확실하게 인지하고 있었다.

짝! 짝! 짝!

문득 골똘한 생각에 빠져 정신을 절반쯤 놓고 있는 엽자건의 귓속으로 박수 소리가 들려왔다. 혜광심어가 아닌데도 소리의 종적을 찾을 길이 없다. 묘연하다.

'이건······.'

엽자건이 무아지경 속에서 빠르게 빠져나오다 눈살을 살짝 찡그려 보였다.

그는 즉시 깨달았다.

자신이 평생 몇 차례 경험할 수 없는 백척간두의 진일보 상황에서 빠져나왔다는 것을. 그의 귓속을 송곳처럼 뚫고 들어온 박수 소리가 그리 만들었다는 것을.

[황상께서 오셨다. 잠시 자리를 피하도록 하거라.]

'황제? 그 망할 새끼가······.'

엽자건이 내심 이를 갈며 얼른 허공섭물로 천간검을 뽑아 들었다.

물론 가정제를 죽이러 가기 위함은 아니다.

그는 이번에 다시 깨달았다. 현재 자신의 능력으론 아직 절대로 가정제를 죽일 수 없다는 걸 말이다.

그렇다고 유대유의 명에 얌전히 따를 생각도 없었다. 일단 이곳을 떠나는 척하고 다시 돌아와서 가정제와 유대유 간에 벌어질 활극을 구경하고자 했다. 그 끝내주는 구경거리를 어찌 놓칠 수 있겠는가?

슥!

순식간에 그 같은 생각을 끝낸 엽자건이 금강부동보를 펼쳐 신형을 감췄다. 넓디넓은 서고의 한쪽 구석으로 신형을 날려 가버린 것이다.

'자리를 피하는 척한 후에 다시 돌아올 속셈일 테지?'

유대유는 엽자건의 속내를 단숨에 간파한 후 입가에 부드러운 미소를 만들어냈다.

방금 전 그는 잠시 놀랐다.

엽자건의 자질이 제자 척호에 결코 못하지 않음은 이미 눈치채고 있었다. 중간에 꽤나 많은 기연을 만난 것도 알았다. 고작해야 약관을 조금 넘은 나이에 반박귀진에 도달한 무공은 충분히 경이로움을 느끼게끔 한다.

당연히 그는 엽자건에게 소림곤법총요를 던져 주며 내심 기대하는 바가 있었다. 그 속에서 자신이 발견한 오호란의 단서를 조금이나마 발견할 수 있기를 바란 것이다.

결과는 그의 예상을 뛰어넘었다.

엽자건은 보종의 오호파천곤을 펼치는 와중 거의 오호란의 근접에까지 접근했다.

완벽한 일타일게를 이루더니, 단숨에 새로운 무학의 영역으로 진입해 들어갔다. 어떻게 그런 일이 벌어졌는지도 모르는 채 그런 말도 안 되는 일을 저질러 버렸다.

단! 아직은 거기까지였다.

엽자건이 내심 이를 간 가정제의 박수 소리는 오히려 구원이었다. 그냥 자신이 이룬 것을 있는 그대로 받아들이면 되는 것을 중간에 원리를 파악한답시고 심마에 빠져들려던 그의 위기를 사전에 방비해 줬다.

어째서 그랬을까?

유대유는 지금부터 그 점을 알아볼 작정이었다.

스으!

일순 한줄기 바람으로 화한 유대유가 천도문과 이어진 황궁무고의 비밀문 쪽으로 신형을 날렸다. 여태까지와 달리 완전무결한 심신으로 괴물이 된 황제 가정제를 만나러 간 것이다.

第七十六章

무위자연(無爲自然)

少林
棍王
소림곤왕

대륙의 용맥이 지나가는 자금성은
괴물들이 숨어 있는 장소였다

"어멋!"

줄곧 커다란 나무 기둥 뒤에 몸을 숨기고 있던 홍인화의 입
에서 문득 새된 비명이 터져 나왔다.

그녀는 절정의 무위를 지닌 고수다.

순찰원의 부원주답게 긴담 역시 일반적인 여인답지 않게
크다.

하물며 이곳은 황궁보고로 들어가는 대문으로부터 얼마
떨어지지 않은 장소였다. 웬만큼 놀라운 일이 있다 한들 입
밖으로 소리를 내지르는 짓 같은 걸 할 리 없었다.

그런데 그녀는 지금 입을 크게 벌리고 있었다.

너무 놀라서 엉덩방아도 찧었다.

그녀가 보는 앞에서 갑자기 천지가 개벽할 만한 일이 벌어
진 까닭이었다.

당연하달까?

갑작스레 이런 꼴이 된 게 홍인화뿐일 리 없다.

구양백의 명령에 의해 황궁보고 주변을 철통같이 포위하고
있던 수백 명의 동창위사들 또한 대경실색했다. 느닷없이 황
궁보고가 숨겨져 있는 황금거탑이 두 조각으로 갈라지며 무
수히 많은 파편이 떨어져 내린 것과 동시에 벌어진 일이었다.

"으아악!"

"우와악!"

"케에엑!"

뒤늦게 정신을 차린 동창위사들이 비명과 함께 사방으로
흩어졌다. 이미 수십 명이 족히 넘는 자들이 피투성이가 되어
바닥을 나뒹굴고 있었다. 순간적으로 황금거탑을 두 조각 낸
말도 안 되는 기경이 불러일으킨 참상이었다.

*   *   *

촌분 전.

유대유는 침착한 표정으로 황궁무고의 동쪽 끝에 서 있었
다. 이곳이 바로 천도문과 연결되어 있는 비밀문이 위치한 장

소였기 때문이다.

여태까지와는 다르다.

항상 황제 가정제가 먼저 이곳을 통해 황궁무고에 들어섰고, 서고에서 책을 보고 있던 유대유를 찾아왔다. 그에게 장생불로의 방법을 찾았는지를 물어보기 위함이었다.

가정제 역시 의아로웠던 것이리라!

자신 앞에 늠름하게 서 있는 유대유를 특유의 거만한 눈으로 훑어본 그가 입가에 기묘한 미소를 만들어냈다.

"장생불로의 방법을 찾은 것 같구나?"

"그렇습니다."

"말해라!"

단도직입적인 가정제의 명령에 유대유의 봉황안이 서늘한 기운을 흘려냈다.

"폐하께서는 장생불로의 방법을 알아서 무얼 하시려는 건지요?"

"짐에게 질문하는 것이냐?"

"그렇습니다."

평상시처럼 부복하지 않고 눈을 깔지도 않는다. 특히 자신을 바라보는 시선 속에 엄숙한 위엄마저 깃들어져 있는 걸 살핀 가정제의 입꼬리가 크게 치켜 올라갔다.

"크하하하하핫!"

시원스레 대소를 터뜨린 가정제의 눈 속에 은은한 붉은 기운이 감돌았다. 어느새 표정이 완전히 달라져 있다. 지독스레 차가운 살기마저 흘러넘친다.

"건방진 놈! 네놈이 감히 짐을 능멸하려는 것이더냐?"

"다시 질문하겠습니다. 폐하께서는 어찌 장생불로의 방법을 황궁무고에서 구하시려 하시는 건지요? 이미 폐하께서는 그 방법을 알고 계시지 않사옵니까?"

"짐이 이미 안다?"

"장생불로란 곧 선(仙)을 행하는 일. 천의(天意)를 받들며 천하(天下)와 하나가 되어 안빈낙도(安貧樂道)를 이루는 것이다. 그리하려면 먼저 세속의 모든 욕념을 끊고, 곡기를 끊어 몸속에 내단을 형성하며……."

"그만!"

버럭 소리를 질러 도도하게 흘러나오던 유대유의 말을 끊은 가정제의 눈 속에 붉은 기가 조금 더 짙어졌다.

"짐이 그런 고리타분한 방법을 구하려 했던 것이더냐?"

"하여 천의를 거역하는 역천(逆天)의 방법으로 마선(魔仙)이 되신 것인지요?"

"마선? 짐이?"

"아니면 미혹에 빠진 폐하의 육체 속에 마선이 깃든 것인가? 그렇다면 당장 본체를 드러내도록 하라!"

부드럽던 유대유의 어투가 바뀌었다.

기세 역시 마찬가지다.

방금 전까지 유유로운 봄바람이나 다름없던 그의 기세가 갑자기 대지를 치달리는 천군만마와 같은 군기(軍氣)를 뿜어 냈다. 본래의 천하대장군의 위세를 회복한 것이다.

그러나 가정제는 오히려 미소 지었다.

여태까지 은은하게 뿜어내고 있던 살기와 눈 속의 혈기를 사그라뜨리더니, 입가에 재밌다는 기색을 떠올렸다. 여태까지 유대유를 대했던 모든 것이 다 거짓이었던 듯싶다.

유대유 역시 그런 생각이 들었다.

'예상했던 것보다 훨씬 대단한 기세를 숨기고 있었구나! 이건 이미 무위자연(無爲自然)에 도달한 자의 그것이다…….'

무위자연.

이미 자연, 그 자체와 하나가 되었다는 뜻이다. 반선이 아니라 신선지경에 이르렀다고 할 수 있는 존재만이 도달할 수 있는 경지라 할 수 있었다.

천하를 오시하는 경지인 유대유조차 그 같은 경지는 요원했다. 그냥 감으로만 알고 있었다. 그런 경지가 있다는 것을 말이다.

가정제가 미소 띤 얼굴로 말했다.

"역시 중원은 재밌는 곳이란 말이야. 아니, 인간이란 존재가 그런 것인가? 백 년도 되지 않는 세월만으로 이리 훌륭한 깨달음을 얻을 수 있다니 말이야. 하지만 자네가 틀렸네. 나는 마선이나 신선 같은 존재는 아니야."

"그럼 즉신성불이시오?"

"불경 같은 건 읽어본 적도 없어. 성불할 만한 위인이 될수 있었을 리 없지 않겠나?"

"그럼 당신은 어떤 존재인 거요?"

"나? 나라……."

잠시 아주 길고 긴 과거를 더듬는 듯하던 가정제의 입가에 씁쓸한 고소가 매달렸다. 그냥 보는 것만으로 사람의 감정을 우울하게 만들어 버리는 표정 변화이다.

"…그걸 알기 위해서 노력 중이라네. 언제부턴가 나란 존재 자체가 흐릿해져 버렸거든. 어째서 그리되어 버렸는지도 모르겠지만 말야."

"그럼 폐하를 그만 놓아주시오!"

"이 어리석은 영혼 말야?"

스스로를 가리키며 어깨를 한차례 으쓱해 보인 가정제가 천천히 고개를 가로 저었다.

"그건 곤란해. 나는 아직 이 몸을 가지고 해보고 싶은 일이 제법 많거든. 중원의 황제라는 건 꽤나 편한 자리이기도 하고 말야. 그러니 포기하고 계속 이곳에서 지내도록 해. 제자라도 키우면서 말야."

"그럼 그 아이를 이곳에 데려온 건……."

"무상지도의 파편 중 하나를 얻은 녀석이더군. 자네가 잘만 가르치면 장생불로… 아니, 즉신성불을 하게 될지도 몰라.

그러면 그땐 내가 지금 자네가 원하는 걸 들어주도록 하지."

유대유의 봉황안에 이채가 어렸다.

"즉신성불을 이루지 못한 나로선 당신의 상대가 될 수 없다는 것이오?"

"당연하잖아!"

가정제가 어깨를 들썩이며 웃음을 지어 보였다. 유대유의 질문이 아주 가소롭다는 표정이다. 그러다 그의 인상이 스윽 굳었다. 유대유의 기운이 자신을 향해 모아지기 시작했음을 눈치챈 것이다.

"아직은 아니라고 했을 텐데?"

"본인은 군인이오. 승패는 병가지상사라 했으니, 이대로 물러설 생각은 없소이다!"

"재밌는 소리도 할 줄 아는군."

"선공을 취하겠소!"

마음속의 의문 중 상당수가 풀렸다. 더 이상 가정제와 대화를 나눌 이유가 없어졌다 여긴 유대유가 의지가 담긴 일갈과 함께 신형을 공중으로 띄워 올렸다.

육지비행술?

그런 것이 아니다.

그는 발끝으로 지축을 찍으며 그냥 도약했다. 이미 전신 가득 활성화시켜 놓고 있던 기력을 폭발적으로 쏟아낼 준비를 끝냈음은 물론이다.

―구주진천뢰!

일순 유대유의 손이 만들어낸 무형곤에서 그의 최절초가 폭발했다. 엄청난 광륜(光輪)을 만들어내며 가정제를 천공의 뇌전처럼 꿰뚫었다. 분명 그랬다.

그러나 그 순간, 가정제는 웃고 있었다.

쾅!

엽자건은 빠르게 떠났던 자리로 돌아오던 중 눈살을 가볍게 찌푸려 보였다.

귓전을 파고드는 굉음!

광활하다는 말이 더할 나위 없이 어울리는 황궁무고 전체를 진동시킨 폭발음은 고막을 아프게 만들었다. 일시 귀가 먹먹해질 정도의 충격파를 동반했다.

자리를 비운 짧은 새에 무슨 일이 벌어진 것일까?

그보다 엽자건이 더욱 궁금해진 건 유대유의 안위였다. 자신의 우상이 필경 반선지경에 올랐다는 황제 가정제와 맞닥뜨린 건 의심의 여지가 없는 일이었기 때문이다.

'그래도 곤왕 선배인데… 잘못되진 않으셨겠지?'

기대다. 바람이다.

그래도 괴물이나 다름없던 가정제의 말도 안 되는 무위가 마음에 걸린다. 왠지 이 세상의 것이 아닌 것 같던 그의 압도적인 존재감이 유대유조차 짓눌러 버릴 것이 걱정되었다.

슥!

엽자건이 신형을 날렸다.

어느새 손에는 천간검이 들려져 있었다. 이미 무형곤을 다룰 수 있게 된 상황이었으나 검을 포기하지 않았다. 이 앞에 그를 기다리고 있는 건 비무 따위가 아니라 전장이라 여겼기 때문이다.

투둑! 투두두두둑!

어둠이 깃들어 있던 황궁무고의 천장으로부터 건자재들이 소리를 내며 떨어져 내렸다.

그 사이로 보이는 건 새파한 가을 하늘.

놀랍게도 전체가 만 근이 족히 넘는 대리석으로 가려져 있던 황궁무고의 천장에 균열이 생겨났다. 천신천장이 태산을 쪼개듯 대부(大斧)를 휘두른 것이나 다름없는 광경이다.

가정제가 웃음 띤 얼굴로 고개를 가로저었다.

"무엄… 한 놈이군. 신하 된 자가 감히 주군의 옥체를 상하게 하다니……."

'구주진천뢰를 튕겨냈다?'

유대유가 공중에서 한차례 공중제비와 함께 밖으로 떨어져 내렸다.

봉황안에 담긴 건 투지.

후금 팔기군의 정예 대병을 앞에 뒀을 때조차 이만한 기세를 뿜어내지 않았을 성싶다. 그만큼 눈앞에 있는 가정제에 대한 경계심이 극심한 것이라 할 수 있겠다.

그때 가정제가 누더기가 된 황포를 눈으로 살피며 혀를 찼다. 자신의 현 상태가 꽤나 마음에 들지 않는 것 같다.

"쯧! 꽤나 마음에 드는 옷이었는데, 완전히 망쳤지 않은가? 벌을 주지 않을 수 없겠군."

'벌?'

이미 경계하고 있던 유대유의 봉황안이 얼핏 이지러졌다. 문득 눈앞에 있던 가정제의 신형이 흐릿한 그림자로 변해 버렸기 때문이다.

백 장 밖의 사물을 확인할 수 있는 심안의 소유자!

그게 바로 유대유였다.

그런 그를 코앞에 두고 시야 속에서 사라진 것이다. 쉽사리 납득할 수 없는 일이 벌어진 셈.

그러나 유대유는 놀라지 않았다.

쾅!

그의 몸이 철산고의 수법으로 회전을 일으켰고, 또다시 굉음이 일어났다. 초고속으로 그에게 다가들던 가정제와의 맹렬한 충돌이 불러일으킨 폭발음이었다.

물론 승자와 패자가 있었다.

"큭!"

나직한 신음과 함께 유대유가 뒤로 주춤거리며 물러섰다. 태산을 무너뜨릴 그의 철산고가 가정제의 평범한 수장에 담긴 힘을 막아내는 데 실패한 것이다.

또한 후속 공격 역시 이어졌다.

뒤로 물러서는 유대유의 상반신 전체로 수백 개가 족히 넘어 보이는 전광이 날아들었다. 일시 그의 몸을 벌통으로 만들고 칠공에서 피를 쏟아내게 만들 법한 공격이다. 누가 보더라도 그리 생각할 만큼 엄청난 기세였다. 살기였다.

유대유는 더 이상 물러서지 않았다.

두 발을 정(丁) 자로 만든 채 단단히 고정시켰다.

양손은 다르다.

애초 쏟아냈던 구주진천뢰와는 달리 부드러우면서도 유연한 동작을 그려낸다. 패도를 버리고 음유로움으로 가정제가 일으킨 수백 개나 되는 뇌전에 맞상대해 갔다.

결과는 놀라웠다.

일순 유대유의 손끝에서 일어난 음유로운 기운에 휩싸인 뇌전들이 모조리 방향을 잃어버렸다. 저희들끼리 부딪쳐서 스스로 방전해 버리고 만 것이다.

"허!"

가정제가 나직이 혀를 찼다. 설마하니 유대유가 도가의 절학인 이화접목(移花接木)의 수법으로 자신의 공격을 방어할 줄은 몰랐다.

길진 않았다.

그가 다시 거의 몰아지경에 빠져 있는 유대유를 노리며 뇌전을 만들어냈다.

이번에는 수백 개가 아니다.

아주 큰 하나다. 흡사 벼락신이 인세에 강림한 듯 거대한 뇌전의 창이 허공중에 떠올랐다. 유대유의 구주진천뢰를 떠올리게 하는 모습이기도 하다.

"어째서 방금 전 내가 박수를 쳤는지 아느냐?"

"……."

유대유는 몰아지경을 유지하기 위해 대답이 없고, 당연하다는 듯 가정제는 말을 잇는다.

"그 녀석이 확실한 깨달음을 얻는다면 굳이 널 살려둬야 할 이유가 없어지는 까닭이었다. 나는 왜인지는 모르겠지만 꽤나 네가 신경 쓰였었거든. 그런데 이젠 알겠다. 날 신경 쓰이게 했던 게 무언지를 말야."

"……."

여전히 유대유는 말이 없었다.

대신 그의 손끝이 가벼운 움직임을 만들어냈다.

그리고 그에 따라 미묘한 흔들림을 보이기 시작한 대기!

유대유를 중심으로 만들어진 대기의 파랑이 가정제를 향해 밀려들었다. 마치 그를 포위하려는 것 같다. 자신을 노리고 있는 뇌전의 창 따위에는 관심조차 보이지 않는다.

"푸하하핫! 역시 중원은 재밌어. 무상지도의 파편조차 얻지 못한 자가 내 파황경을 깨려 할 줄이야!"

"……"

문득 대소를 터뜨린 가정제가 눈에 예의 붉은 기운을 담았다. 여태까지 중 가장 붉다.

"그 도전, 특별히 이번만 받아주도록 하지! 어디 스스로 오른 무위자연으로 이번 일격을 받아보도록 하거라!"

"……"

벽력같은 일갈과 함께 가정제의 뇌전의 창이 유대유의 머리를 노렸다. 꿰뚫으려 했다.

한데, 바로 그때다.

갑자기 두 사람 외엔 어떤 누구도 다가들지 못할 진공의 공간 속으로 불청객 한 명이 뛰어들었다.

쩡!

이기어검으로 날아든 천간검이 만들어낸 조그만 틈.

그 사이로 엽자건이 혼신의 힘을 다해 만들어낸 무형곤과 함께 파고들었다.

쌍봉관이(雙峯貫耳)!

그다음은 포주우등식(抱肘右蹬式)과 우곡좌회격(右曲左回擊)이다.

모두 소림 무학의 가장 기초적인 초식.

그러나 본래 무학의 궁극은 기본 중에 숨겨져 있는 법이다. 특히 이번 기습처럼 치열하게 대치하고 있는 두 명의 상상을 초월한 괴물들 사이에 끼어들 때는 더욱 그러했다.

힘의 집중이 관건이다.

애초에 복잡한 초식 같은 건 필요치 않았다.

빠박!

엽자건의 무형곤이 가정제의 양쪽 정강이 부분을 때렸다. 정확하게 격타했다.

그리고 그와 동시였다.

번쩍!

천지를 양단하는 뇌광과 함께 또다시 요란한 굉음이 천장을 꿰뚫었다.

"이런 쥐새끼 같은 녀석을 봤나!"

"으음……."

가정제와 그의 뇌전의 창을 천장으로 흘려보내는 데 성공한 유대유의 시선이 일제히 바닥을 구르는 엽자건을 봤다. 그는 어느새 전장에서 항상 아주 유용하게 사용하던 지당권을 펼치고 있었다. 어떻게든 살아남기 위해서였다.

'한 대 먹였으니 이젠 튀자!'

엽자건의 뇌리 속을 온통 장악하고 있는 생각이었다. 다른 생각 같은 건 할 틈이 없었다.

가정제에게 일격을 가한 직후다.

그는 반신이 마비되는 걸 느꼈다. 때린 놈이 맞은 놈보다 더욱 큰 타격을 입은 것이다.

당연히 더 이상 들이댈 엄두를 낼 수 없다.

일단은 튀어야만 했다. 고래 싸움에 새우 등이 터지게 생긴 까닭이었다.

과연 그의 판단은 옳았다.

잠시 아주 열받은 표정을 그에게 던졌던 가정제가 곧 천장을 꿰뚫고 하늘로 치솟아올랐다. 유대유를 쫓기 위함이었다. 엽자 건보다는 그를 지금 당장 잡아죽여야만 속이 풀릴 듯했다.

우르릉! 쾅!

삽시간에 난장판으로 변해 버린 황궁무고의 내부.

무지막지하게 떨어져 내리는 돌덩어리와 구조물들 사이로 맹렬히 굴러다니는 사람이 있었다.

엽자건이다.

맨 처음 그는 가정제로부터 벗어나기 위해 지당권을 펼쳤고, 그 뒤엔 천장에서 떨어져 내리는 돌덩어리를 피하기 위해 더욱 구르는 속도를 높여야만 했다.

물론 시작이 있으면 끝이 있게 마련이다.

거의 묘기에 가까운 동작으로 바닥을 굴러다니길 촌분, 그는 드디어 신형을 일으켜 세울 수 있었다. 기적적으로 단 한 군데도 부상을 당하지 않았다.

그러나 주변은 완전히 난장판, 그 자체였다.

수없이 많은 책들로 가득하던 서고 중 상당 부분이 무너져 내린 천장의 돌덩이들에 파묻혀 보이지 않았다. 흙먼지 역시 분진의 형태로 주변을 뒤덮어 일시 시야 확보가 어려울 정도이다.

"퉤에! 퉤!"

흙먼지가 섞인 가래를 바닥에 뱉은 엽자건의 눈매가 가늘어졌다.

눈에 먼지가 들어가서가 아니다.

그는 바닥을 굴러다니는 중에도 계속 기감을 확장시켜 가정제와 유대유의 행방을 쫓았다. 곧바로 그들의 뒤를 쫓아갈 작정이었기 때문이다.

허사였다.

폐허 속에 신형을 일으켜 세웠을 때 그는 이미 두 사람의 행적을 잃어버린 상태였다. 전혀 감지해 낼 수 없었다. 처음 황궁무고에서 깨어났을 때 혜광심어로 말을 걸어온 유대유의 행적을 간파할 수 없었던 것과 동일한 결과다.

'그렇다고 포기할 내가 아니다!'

내심 대차게 소리친 엽자건이 몸에 묻은 먼지를 털어낸 후 허공섭물로 돌더미 속에서 천간검을 찾아내었다.

왠지는 모르겠지만 묘하게 마음에 드는 검이다.

가정제를 기습했다가 잃어버린 패왕검 대신으로 삼기로

했다.

"그럼, 가볼까? 그나저나 과연 대륙의 용맥이 흐른다는 자금성이구만. 이런 괴물들을 만나게 되었으니 말야."

나직한 투덜거림과 함께 엽자건이 바람같이 신형을 뽑아올렸다. 부풍무영이었다.

*   *   *

첩형 조개는 호흡을 크게 가다듬었다.

그의 주변에는 손수 뽑아온 동창위사 최강의 고수들이 즐비했다. 족히 일류고수 급 이상으로만 백여 명이 넘는 자들이 철통같이 주변을 에워싸고 있었다.

물론 느닷없이 눈앞에서 벌어진 천지개벽할 기현상 앞에 선 한 떼의 유순한 양떼나 다름없다.

모두 진심으로 겁을 먹은 표정들을 하고서 상관인 조개의 눈치만 슬금슬금 보고 있었다. 혹여라도 그가 확인을 명할까 봐 완전히 쫄아비린 모습들이다.

'안다! 알아! 하지만 그렇다고 첩형이자 곧 제독이 되실 이 몸이 저 말도 안 되는 막장으로 뛰어들 수는 없잖느냐? 안 그래? 응?'

내심 자기 합리화를 끝마친 조개가 얼른 주변을 둘러보며 위엄 어린 표정으로 외쳤다.

"황궁보고에 문제가 생겼다! 얼른 달려가서 안의 상황을 파악해야 할 것이 아니냐!"

"그, 그것이……."

조개에게서 그리 떨어지지 않은 곳에 서 있던 위사가 말을 더듬은 것과 동시였다.

퍽!

조개가 특기인 응사생사박(鷹蛇生死搏)을 펼쳐 머리에 네 개의 구멍을 뚫어버렸다. 이런 때는 그저 독하게 손 한 번 쓰는 게 몇 번의 호통보다 낫다는 판단이었다.

과연 그랬다.

비명조차 지르지 못하고 머리통에서 피를 쏟으며 쓰러진 동료를 확인한 위사들이 우르르 황궁보고 쪽으로 달려갔다. 일단 흥분한 상관에게서 떨어지려 한 것이다.

그때 또 다른 사단이 벌어졌다.

쾅!

요란한 굉음과 함께 황궁보고 쪽으로 가장 먼저 달려가던 위사 수십 명이 피떡이 되어 나뒹굴었다. 그들 머리 위로 마구 쏟아져 내린 돌덩어리들을 피하지 못한 까닭이었다.

'어이쿠! 어이쿠!'

위사들 뒤를 멀찌감치 따르던 조개가 내심 연달아 소리를 질러댔다.

이 정도면 사단도 보통 사단이 아니다. 완전히 대형 사고였다. 잘나가던 그의 인생 앞에 갑자기 천 길 낭떠러지가 모습을 드러낸 것이나 다름없었다.

주춤! 주춤!

결국 저도 모르게 뒤로 물러서던 조개가 흠칫 어깨를 떨었다. 어느새 그의 곁에는 상관 구양백이 다가서 있었다. 과연 초절정고수다웠다. 아무런 기척도 없이 다가왔다.

"구, 구양 공공……."

"입 다물어!"

"…예."

기어들어 가는 대답과 함께 조개가 막 고개를 숙일 때였다. 항상 냉정침착하던 구양백이 안색이 창백하게 질린 채 소리를 질러대기 시작했다.

"대존주님, 어찌! 어찌! 어찌이이이!"

'대존주?'

조개가 숙였던 고개를 들어 올리다 입을 크게 벌렸다. 그의 눈 속으로 휠휠 하늘을 날아오르고 있는 두 명의 천신이 화살처럼 파고들어 왔기 때문이다.

쉬아아아아!

귓가를 스쳐 가는 바람 소리를 뒤로한 채 유대유는 끝없이 하늘로 날아올랐다.

봉황안.

허무할 만큼 텅 비어 보인다.

반면 전신을 휘감고 있는 기운은 극도의 자유로움을 만끽하고 있다.

여태까지의 그와는 다르다.

완전무결하던 몸의 제어가 극단적일 만큼 소멸되어 있었다. 어찌 보면 혼이 빠져나가 버린 것 같달까?

있을 수 없는 일이다.

천하무쌍이라 할 만한 천강지체로 태어나 줄곧 천하제일인의 길을 걸어온 유대유였다. 어찌 일평생 최강이라 할 만한 대적을 앞에 둔 채로 혼을 상실할 수 있겠는가.

그러나 현재 겉으로 보이는 모습은 분명 그러했다.

달리 볼 수가 없었다.

문득 그런 그의 머리 위로 금빛 거영이 모습을 드러냈다. 뒤늦게 황궁무고를 뛰쳐나온 가정제였다. 공간 이동이라도 한 듯 갑작스레 유대유의 머리 위를 선점했다.

"갑작스레 무위자연의 기세를 타더니, 곧 허무지경(虛無之境)에 돌입했다는 건가? 중원을 수호하는 무신이라더니, 과연 상상을 초월하는 괴물이 아닌가!"

"……."

여전히 유대유는 말이 없다.

그러나 만약 가정제의 말을 들었다면 분명 발끈하며 반박했을 터였다. 진짜 괴물은 당신이 아니냐며.

물론 가정이었다.

유대유는 가정제의 중얼거림대로 현재 무위자연의 기세를 타고 하늘로 날아올라 일시적이나마 생사를 초탈한다는 허무지경에 돌입해 있었다.

세상에서 일컫는 무학의 세계가 아니다.

이미 무도(武道)의 영역이었다.

신(神)과 마(魔), 괴(怪)가 혼재되어 있는 태극(太極) 이전의 혼돈(混沌) 속에서 유대유는 길을 잃었다. 완전한 깨달음을 얻어 즉신성불(부처)이 되거나 나락으로 떨어져 구천유부를 떠도는 마구니[魔君]가 되는 갈림길에 머물게 된 것이다.

촉매제는 다름 아닌 가정제였다.

너무 일찍 천하제일인이 되어 정체되어 있던 유대유가 그와의 만남으로 인해 깨달음의 새로운 영역에 들어서게 되었다. 그런 말도 안 되는 일이 진짜로 일어났다.

그 같은 상황을 한눈에 알아본 가정제의 눈이 반달 모양이 되었다.

방금 전까시완 나튼 기분이다.

기쁘고도 흥겹던 감정이 사라지고 오랫동안 잊고 있던 인간의 감정이 불쑥 고개를 치켜올렸다.

질투다. 분노다.

수없이 많은 세월을 담보로 이룩한 자신만의 세계에 느닷없이 흙발로 들어선 자에 대한 감정이 결코 좋지 못하다. 마구 해코지를 하고 싶게 만든다.

"어차피 무상지도의 파편을 이은 새로운 씨앗이 나타났으니, 더 이상 지켜봐 줄 필요는 없을 터. 날 오랜만에 재밌게 해준 것에 대한 보답으로 금방 끝내주도록 하마!"

"……."

침묵하는 유대유의 머리 위로 또다시 예의 뇌전의 창이 모습을 드러냈다.

아니다.

저번과는 다르다.

이번에 가정제가 만들어낸 뇌전의 창은 좀 더 커다랗고 불길한 기운을 품고 있었다. 단번에 유대유를 죽이기에 충분할 만큼 그러했다.

"죽어라, 중원의 무신이여!"

"……."

뇌전의 창이 유대유의 천령혈을 노리며 맹렬히 떨어져 내렸다.

"안 돼!"

엽자건은 뒤늦게 황궁무고를 빠져나오다 버럭 노성을 터뜨렸다.

이미 극한까지 활성화시키고 있던 건 기감뿐이 아니다.

안력과 청력 역시 극한까지 일으키고 있었다. 모든 능력을 총동원해서 가정제와 유대유를 쫓았다.

그 결과 그는 황궁무고를 벗어나 절반 이상 무너져 내린 황금빛 탑을 빠져나오자마자 천지개벽이나 다름없는 대결전을 간파해 냈다.

무(武)의 길을 걷는 자!

이와 같은 결투를 결코 놓칠 수 없다. 일생 중 가장 큰 심득을 얻을 수 있을지도 모르는 천재일우(千載一遇)의 기회였기 때문이다.

하물며 이번 승부는 그리 긴 시간을 끌지 않을 터였다.

아주 짧게 끝날 공산이 컸다.

본래 절대 급 이상의 초고수들의 대결이란 게 그러했다. 그 정도의 깨달음과 무위를 지닌 자들이 이, 삼류들처럼 승부에 긴 시간을 끌 이유가 없는 것이다.

그는 일학충천(一鶴沖天)의 방식으로 천공으로 뛰어올랐다.

전력을 다했다.

그러지 않고선 두 초고수의 근처에도 갈 수 없을 터였기 때문이다.

그런데 바로 그 순간 승부가 결정났다.

그가 보는 앞에서 유대유의 머리로 가정제가 만들어낸 뇌전의 창이 떨어져 내린 것이다. 노성이 절로 터져 나오지 않을 수 없는 상황이었다.

아니다.

그렇지 않았다. 착각이었다.

노성과 함께 기혈이 역류해 힘을 잃고 일학충천이 깨진 엽자건의 시야 속에서 기적과도 같은 일이 벌어졌다. 분명 유대유의 천령혈를 꿰뚫었던 뇌전의 창이 반대편으로 튕겨져 날아가는 모습이었다.

그것만으로 끝일 리 없다.

곧바로 유대유의 반격이 시작되었다. 그때까지도 그의 머리 위를 선점하고 있던 가정제 쪽으로 신형을 반전시키더니, 어느새 모습을 드러낸 강기의 곤을 맹렬히 휘둘러갔다.

"죽인다!"

엽자건은 기혈이 역류하는 상황을 고려치 않고 다시 소리를 질러댔다.

평생 본 것 중 최고의 장관이었다.

어떻게 해서라도 단 한 장면도 놓치지 않고 지켜보고 싶었다. 그러고 싶었다.

현실은 시궁창이었다.

이미 첫 번째 노성으로 인해 일학충천의 상승 탄력을 잃어버린 엽자건은 두 번째 탄성과 함께 빠르게 추락해 갔다.

까마득한 하늘이다.

어디에서도 힘을 받을 길이 없으니, 추락은 당연한 수순이었다. 순리였다. 하늘에서 제멋대로 날아다니며 싸우고 있는 저 위의 인간들이 잘못됐다. 역리였다.

게다가 이건 또 무슨 개 같은 상황인가!

자금성 위로 천천히 추락하고 있는 엽자건에게 기다렸다는 듯 족히 수백 발이 넘는 화살이 날아들었다.

그냥 화살이 아니다.

철시다.

웬만한 철판까지 꿰뚫는다고 알려진 해동의 각궁(角弓)으로 쏘아진 건 두말하면 잔소리겠다.

"망할……!"

엽자건이 세 번째로 소리를 내질렀다. 앞서와 같이 자연스레 터져 나왔다.

"쏴라! 있는 대로 쏴라! 절대로 살아서 자금성에 도달하게 만들지 말라!"

구양백의 독려하에 동창위사들은 죽도록 시위를 당겼다.

본래 동창의 위사 중 일급에 속한 자들은 백련정강으로 된 보검과 해동의 각궁을 기본적으로 지니고 있었다. 무공 수위를 떠나서 실제 전투 시 살상력을 극대화하는 건 바로 병기의 우수함이었기 때문이다.

이번 역시 마찬가지다.

구양백의 명령에 의해 각궁을 빼든 위사들은 하늘에서 떨어져 내리는 괴물 같은 인간을 향해 수백 발이 넘는 철시를 쏘아댔다. 완전히 고슴도치로 만들려 했고, 당연히 그리될 거라 믿어 의심치 않았다.

어떤 인간이 파괴력 높은 각궁으로 쏘아진 철시 수백 발을 공중에서 감당해 낼 수 있겠는가?

설혹 인간이 아니라 신선이라 해도 있을 수 없는 일이다.

위사들은 연신 활의 시위를 당겨대며 그리 생각했다. 반드시 그래야만 한다고 여겼다.

'저 괴물 같은 놈이 무사히 자금성에 떨어져 내리면 매우 곤란한 상황이 발생한다!'

'저런 괴물하고 싸우는 짓은 절대 못한다! 절대로 땅에 내려서기 전에 죽여야만 한다!'

'그런데 저놈은 그렇다 치고 더 먼저 하늘에 오른 자들은 어찌하지? 화살도 닿지 않는 곳에 있는데……'

시위를 당기는 중에도 위사들의 걱정은 끊임이 없었다.

개중에는 뒤를 힐끔거리는 자들도 있었다. 방금 전 직속 상관 조개를 묵사발로 만들어놓은 구양백의 눈치를 보지 않을 수 없었기 때문이다.

그때 갑자기 상황이 일변했다.

第七十七章

양패구사(兩敗俱死)

少林
棍王
소림곤왕

두 명의 천신이 싸우다 떨어져 내리니,
승패의 향방을 알 길이 없구나!

　졸지에 생긴 아들 내외와 북경 개방도들을 데리고 북경성
을 빠져나온 철담협개는 연평왕부로 향했다.

　현재 북경 일대는 전쟁통이나 다름없었다.

　수만 명이 넘는 병부와 오군도독부의 병사들로 사방에 살
기가 능능했다.

　당연히 안전한 피난처가 필요했다. 절실했다. 철담협개 혼
자는 몰라도 족히 백여 명이 넘는 대인원을 함께 데리고 도주
할 수는 없기 때문이었다.

　결국 철담협개는 얼굴에 철판을 깔기로 했다.

　왕비 채씨에게 일단 몸을 의탁한 채 북경 일대의 난리통이

가라앉기를 기다릴 요량이었다.

　객당 앞.

　갑자기 확 늘어난 인원으로 인해 독채를 빼앗긴 용대성과 화목승이 불편한 표정을 짓고 있었다.

　얼마 전까지 그들은 연평왕부 제일의 귀빈이었다. 적어도 철담협개가 온 다음날까진 분명 그러했다. 그런 대접을 바라고 이곳에 달려온 것이었다.

　용대성이 이맛살을 찌푸린 채 고개를 가로저었다.

　"철담협개 선배님은 그렇다 치고 한 떼의 거지들한테 독채를 내줘야만 하다니, 이런 망신이 또 어디 있단 말인가!"

　"용 대협, 말을 삼가시오. 모두 강호의 형제들이 아니겠소? 북경에 난리가 났으니, 잠시 어려움을 함께하는 것도 좋은 일일 것이오."

　'또 이자가 내 앞에서 대협 흉내를 내는구나!'

　화목승의 책망에 용대성이 인상을 더욱 크게 찌푸려 보였다.

　본래 그와 화목승은 연평왕부에서 대면한 첫날부터 사이가 좋지 못했다. 중간에 풍오 두타가 몇 차례나 끼어들지 않았다면 비무를 가장한 싸움이 나도 몇 번은 났을 터였다.

　가끔씩 있다.

　단지 성향이 다른 것만으로 같은 자리에 함께하지 못하는 자들이 말이다.

"으득!"

용대성이 화목승을 노려보다 나직이 이를 갈았다. 철담협개가 있는 연평왕부에서 화목승과 싸움을 벌일 수는 없다는 판단이었다.

화목승 또한 용대승이 마음에 들지 않기는 마찬가지다. 내심 그를 정사 중간의 인사인 풍오 두타 못지않은 소인배라 치부하고 있었다.

'칼을 빼들 용기조차 없는 자!'

내심 용대승을 비웃은 화목승이 주변을 둘러보다 눈에 이채를 담았다. 아침부터 보이지 않던 풍오 두타가 다급한 기색을 한 채 달려오고 있었기 때문이다.

슉!

용대승이 먼저 신형을 날렸다. 그 역시 풍오 두타의 안색을 보고 심상찮은 일이 발생했다는 판단을 내렸다.

"이런……."

화목승이 눈살을 크게 찌푸리다 입가에 슬쩍 미소를 만들어냈다.

저 멀리, 어느새 희끗한 그림자가 모습을 드러냈다.

철담협개였다.

그 역시 풍오 두타를 발견한 것이다.

"무슨 일인가?"

느닷없이 공중에서 떨어져 내린 철담협개에 놀란 풍오 두타가 억지로 걸음을 멈춘 채 침을 꼴딱 삼켰다.

삼기 중 일좌!

천하를 울리는 명성만 들었을 뿐 이 정도로 대단한 경공을 지녔는지는 몰랐다. 과연 명불허전(名不虛傳)이다.

'그래 봐야 거지 왕초지 뭐! 이번에는 거지 왕초 당신도 날 인정하지 않을 수 없을 것이다!'

내심 빠르게 중얼거린 풍오 두타가 얼른 허리를 굽신거렸다. 얼굴에는 지극한 공경의 기색이 가득하다.

"연평왕 전하의 행적을 알아낸 것 같습니다."

"그게 사실인가?"

"예, 거의 확실합니다!"

목소리를 두 배쯤 높인 풍오 두타가 재빨리 품속에서 양피지 한 장을 꺼내 들었다. 얼핏 보기에도 북경 일대임을 알 수 있는 지형이 빼곡하게 그려져 있는 지도였다.

"이건 뭔가?"

양피지를 받아 들며 철담협개가 묻자 풍오 두타의 입가에 실룩거리는 미소가 매달렸다.

"연평왕 전하가 유폐되어 있는 장소가 그려진 지도입니다. 제가 지속적으로 북경 일대를 수색하던 중 발견한 것입지요."

"직접 그린 것이 아니고?"

"그, 그것이……."

철담협개의 예리한 시선에 짓눌린 풍오 두타가 말을 더듬었다. 정곡을 찔린 자의 전형적인 모습이다.

철담협개의 표정이 고압적으로 변했다.

"이 지도, 누구한테 얻은 것인가? 분명 이 늙은 거지한테 전달하라는 부탁을 받았을 터인즉!"

'귀신같은 늙은이!'

풍오 두타가 내심 고개를 절레절레 흔든 후 두 손을 들었다. 눈앞의 노련한 대고수를 속인다는 건 불가능하단 판단이었다.

"바로 보셨습니다. 이 지도는 이 후배가 누군가에게 받은 것입니다."

"누구였나?"

"그, 그것이 갑자기 공중에서 떨어져 내린지라 미처 확인을……."

"못했다는 것이군."

"그, 그렇습니다."

풍오 두타가 고개를 주억거리자 철담협개가 눈매를 가늘게 만들어 보였다.

손에 들린 세밀한 지도를 그려 보낸 자!

대충 짐작되는 바가 있었다. 자금성에서 미리 엽자건에게 언질을 받은 까닭이었다.

'그 녀석의 자신감이 정말 오만이 아니었더란 말인가? 하긴 절강성에서 천룡영웅대와 함께 이룩한 전과는 절대로 허투루 볼 수 없는 것이긴 했지.'

내심 고개를 끄덕여 보인 철담협개가 어느새 주변에 모인 용대성과 화목승 등에게 명령했다.

"연평왕 전하를 구하기 위해 곧 움직일 것일세. 그러니 일류 이상의 고수 급들로만 엄선하게나. 아마 힘든 싸움이 될지도 모르겠네."

"후배, 명을 받자옵니다!"

"선배님의 명에 따르겠습니다!"

언제 아옹다옹했냐는 듯 용대성과 화목승이 얼른 복명했다. 풍오 두타는 이번에도 떨떠름한 표정을 지어 보였고.

잠시 후.

철담협개와 천살마도 이염 부자와 삼대고수가 포함된 삼십 명가량의 인원이 연평왕부를 빠져나갔다.

그들의 목적은 단 하나!

구천세야 연평왕 주정의 무사귀환이었다. 북경 일대에서 벌어지고 있는 소란통을 일거에 제압할 수 있는 유일한 거물이 바로 그인 까닭이었다.

*　　　　*　　　　*

"늦어!"

연평왕부가 내려다보이는 나무 위에 몸을 은신하고 있던 환월이 나직이 중얼거렸다.

그녀는 풍오 두타가 입수한 지도의 제작자였다.

북경에서 벌어진 난리통을 피해 안가를 벗어난 귀살인도의 뒤를 좇아가서 자세한 세밀도를 그렸다. 아무리 생각해도 자기 혼자만의 힘으론 연평왕을 구해낼 수 없을 것 같았기 때문이다.

강력한 조력자가 필요했다.

적어도 귀살인도의 백귀야행지세를 뒤흔들어 줄.

그녀는 고심 끝에 연평왕부를 떠올렸다. 엽자건이 자금성에 침투한 사이 혼례를 치른 이염이 철담협개와 함께 그곳으로 거처를 옮긴 까닭이었다.

엽자건은 혼자 처리하기 힘든 일이 생기면 철담협개와 이염을 찾아가라 했다. 그들이 가진 개방의 정보력과 무력이 반드시 큰 도움이 될 거리는 말도 빼놓지 않았다.

─무공 강하고 정보력 빵빵한 늙은 거지와 놈팡이가 있으니까 힘든 일이 생기면 뼛골까지 빨아먹어라!

환월의 해석은 이랬다.

그리고 지금 그녀는 엽자건의 조언을 충실히 시행 중이었다. 철담협개와 이염을 비롯한 삼십 명의 고수와 귀살인도를 확실하게 싸움 붙이려 하고 있는 것이다.

'그런데 주인은 도대체 언제가 되어야 자금성에서 나오시는 걸까? 연평왕을 구출해 낸 후에 딱히 뭘 해야 할지 나는 잘 모르겠단 말야……'

그녀의 품속을 두둑하게 채워놓고 있는 전낭은 여전히 엽자건에게 받은 은자로 그득했다. 그의 명령과 달리 북경 시내를 돌아다니며 군것질 한번 해보지 않은 까닭이다.

그래서일까?

문득 환월은 엽자건과 함께 북경 거리를 거니는 광경을 떠올렸다. 그와 웃고 떠들며 품속에 있는 전낭 안의 은자를 마음껏 써보고 싶었다.

화륵!

그것만으로도 얼굴이 달아오른다. 도리도리, 고개 역시 마구 흔들린다. 도저히 낯이 뜨거워서 그 같은 생각을 계속할 수가 없었다.

그래도 기대가 되는 심사는 어쩔 수가 없다.

'…주인은 분명히 돈을 아주 잘 쓸 거야. 그러니까 나는 그냥 주인한테 모든 걸 맡기고 뒤를 따라다니면 되는 거야. 이런 걱정 같은 건 할 필요가 없는 거라구.'

내심 고개를 끄덕여 보인 환월이 다시 냉정한 인자로 돌아갔다.

곧 시작될 귀살인도와의 전쟁!

결코 쉽사리 끝날 리 없다. 아주 격렬하고 힘들 터였다. 그들을 몰살시키는 게 목적이 아니라 사람을 구해오는 게 목적이었기 때문이다.

슥!

문득 환월의 신형이 나무 위에서 모습을 감췄다.

먼저 연평왕부를 빠져나간 철담협개 일행보다 일찍 목적지에 도착하기 위함이었다.

*   *   *

힘을 빌려올 곳이 전혀 없는 공중이다.

그것도 추락 중이다.

기혈 역시 살짝 뒤집혔다. 기경팔맥을 따라 원활하게 움직여야만 하는 진기가 역류하고 있었다.

괜찮다.

엽자건은 완전히 힘을 잃어버린 일학충천을 재빨리 부풍무영으로 바꿨다. 그렇게 함으로써 추락의 속도를 줄이려 했다.

그것뿐이 아니다.

그는 어느새 자신의 주변으로 거대한 기의 막을 만들어냈다.

호신강기와 비슷한 원리다.

다른 점이 있다면 기를 강기의 형태보다 훨씬 얇게 만들어 바람을 한껏 받아들였다는 거다. 추락의 속도를 늦추는 데 이 이상의 방법은 없었다.

다만 문제는 각궁으로 쏘아진 철시였다.

족히 수백 발이 넘는 화살들이 엽자건을 노리며 날아들었다. 그가 만들어낸 넓고 질긴 기의 막에도 숭숭 구멍을 뚫어버렸다. 아주 미치게끔 만들었다.

싱긋!

그런데 엽자건은 오히려 입가에 미소를 지었다. 내심 욕설을 내뱉다가 갑자기 뇌리를 스친 좋은 생각이 있었다.

'나한테 디딤돌을 대신해 줄 화살을 쏘아주는 건가? 나중에 아주 후사를 해야겠는걸?'

후사.

물론 엽자건 나름의 방법으로다.

그의 신형이 갑자기 공중에서 분신을 일으켰다. 부동무상이다. 자신을 노리며 날아든 화살 중 몇 개를 재빨리 밟으며 공중에서 신형을 빠르게 이동시킨 것이다.

보는 이의 눈을 의심케 하는 묘기!

아직 후사가 남았다.

순간 엽자건의 항마연환신퇴에 걷어차인 화살들이 맹렬한 진경을 품은 채 방향을 바꿨다. 그때까지도 열심히 시위를 당기고 있던 동창위사들이 최종 목적지였음은 물론이다.

"크악!"

"으악!"

"으와악!"

각궁을 든 동창위사들의 입에서 연달아 비명성이 터져 나왔다. 단숨에 십여 명이 넘는 자들이 되돌아온 화살에 산적꼬치가 되었다. 개개인이 일류 급 이상의 고수였음에도 피할 엄두조차 내지 못했다.

주춤! 주춤!

동창위사들의 얼굴에 다시 공포의 기색이 떠올랐다.

그들은 악몽에 빠진 느낌이었다.

설마하니 각궁으로 쏜 철시를 공중에서 되돌려 보내는 괴물이 존재하리라곤 상상조차 하지 못했다. 이건 진짜 말도 안되는 일이었다.

그래 봤자 촌분에 불과한 망설임이었다.

다시 동창위사들이 전열을 재정비했다. 뒤에서 열심히 독려하고 있는 구앙백의 목소리가 그렇게 만들었다.

그러나 다시 각궁을 들어 올리던 동창위사들의 안색이 검은색으로 변했다. 공간 이동이라도 한 듯 어느새 엽자건은 하늘에서 떨어져 내린 상태였기 때문이다.

우직!

엽자건에게 어깨를 밟힌 동창위사의 허리가 꺾였다. 거의 십수 장 이상 되는 높이에서 떨어져 내린 하중을 모조리 받아 버렸다. 몸이 성할 리 만무했다.

결과는 즉사다.

몸이 완전히 뭉개져 바닥에 무너져 내렸다.

대신 엽자건의 발걸음은 극히 가벼웠다. 자신을 노리며 날아든 화살 몇 개로부터 빌어온 기운으로 역류하던 기혈을 확실히 되돌려놨다. 근래 잇따른 깨달음으로 온전한 하나가 된 몸속의 강대한 기운이 거의 무한에 가까운 활력으로 작용하고 있었다.

당연한 변화다.

현재 그는 반박귀진에 도달한 내공과 근래 갑작스레 얻은 깨달음이 더해져 완전한 절대지경에 오른 상태였다. 가정제나 유대유 같은 인세제일의 강자들을 만난 탓에 자각을 못했을 뿐 이미 자금성에 들어설 때와는 무위가 완전히 다른 영역에 도달한 상황이었다.

'왠지 지금이라면 백만 대군과 싸운다 해도 상관없을 것 같은걸?'

오로지 절대지경에 오른 자만이 느낄 수 있는 감정이다.

자신감이었다.

꾸욱!

내심의 중얼거림과 함께 엽자건이 천간검을 역수로 쥐었다.

육합참마도다.

자연스레 소림사를 대표하는 도법이 매서운 무형의 기세를 만들어냈다. 엽자건 주변을 커다랗게 둘러싼 동창위사들에게 무한한 압력을 가했다. 선제공격조차 가하지 못할 만큼 정신을 무력화시킨 것이다.

문득 엽자건이 입가에 차가운 미소를 만들었다.

전장에서와 같이 의식적으로 특유의 천살지기를 일으켰다. 그게 자신에게 유리하단 판단이었다.

"어이, 궁금한 게 있는데 말야. 어째서 날 이렇게 죽기 살기로 공격하는 거지? 날 뭘로 보고 이리 공격하는 거야?"

"······."

"대답이 없네. 정말 내가 뭘로 보이느냐고!"

엽자건이 버럭 소리를 지르며 앞으로 한걸음을 내딛었을 때였다.

흠칫!

느닷없이 그와 얼굴을 맞대게 된 동창위사가 몸을 크게 떨어 보였다. 전날 첩형 조개의 명으로 송지하와 엽자건를 찾아온 이준이었다.

그가 더듬거리며 말했다.

"구, 궁녀?"

"궁녀?"

엽자건이 뜻밖의 대답에 비로소 자신의 몰골을 살펴봤다.

정말 장난 아니다. 가관이다.

머리는 산발에 얼굴에는 하얗게 뜬 화장기가 군데군데 남아 있는데다 여전히 궁녀 복장을 유지하고 있었다. 궁녀란 말을 들어도 특별히 변명을 하지 못할 모습이다.

그래도 눈빛이 다르다.

잠재워져 있던 천살지기로 고양된 무형의 기세 역시 소름 끼칠 만큼 패도적이다. 궁녀란 말을 들을 이유는 없다.

"정직한 놈!"

"……."

엽자건이 천간검의 검파로 이준의 머리를 찍었다. 전날의 인연으로 그의 목숨을 거두지 않은 것이다.

그게 시발점이 되었다.

잠시 엽자건의 압도적인 무위와 천살지기에 얼어붙어 있던 동창위사들이 살기를 폭발시켰다. 눈앞에서 동료가 당하는 모습을 그냥 지켜봤다는 자책감과 분노가 공포를 찍어 누른 것이었다.

"우와앗!"

"죽여라!"

동창위사들이 다시 각궁을 들어 올리고 검을 빼들었다. 일제히 엽자건에게 돌격해 왔다.

까닥!

그러나 어찌 된 일인지 엽자건은 고개를 옆으로 뉘어 보일 뿐, 표정에 여유가 흘러넘쳤다.

눈앞의 수백이 넘는 동창위사들의 움직임.

현재 그에겐 너무 느리게 느껴진다. 마치 일부러 장난이라도 치고 있는 것 같다. 수백은커녕 수천 명이 포위한 채 달려든다 해도 옷깃 한 올 다치지 않을 성싶다.

'이거야 완전히 새로운 세상이구만. 무공… 높아지고 볼일이야!'

내심의 중얼거림과 함께였다.

엽자건이 수중의 천간검으로 다시 육합참마도형을 만들어냈다. 빨리 이곳을 정리하고 다시 하늘로 날아올라 천상(天上)의 결투를 구경 갈 마음을 굳힌 것이다.

아니다. 그럴 수가 없었다.

움찔!

문득 엽자건이 육합참마도형을 허물고 허공에 시선을 던졌다. 그에게만 정지되어 있던 세상 속으로 두 명의 침입자가 들어선 까닭이다.

가정제와 유대유.

방금 전까지 지상과는 완전히 다른 세계의 혈투를 벌이고 있던 두 사람이 빠르게 추락하고 있었다.

누가 먼저랄 것 없다. 맹렬한 속도로 지상과 극단적일 만큼 다가들고 있었다.

스으!

엽자건의 천간검이 일순 부근의 동창위사들을 쓸어버렸다.

짚단처럼 넘겨 버렸다.

추락하는 유대유를 구하기 위해서였다.

"대존주!"

구양백 또한 마음이 다급해졌다.

그는 내심 갑자기 튀어나온 엽자건의 상상을 뛰어넘는 무위에 놀란 상태였다.

자신과 최소한 동수!

어쩌면 백룡선안을 사용하고도 패할지도 모르겠다. 그 정도의 강적이 궁녀 차림을 한 새파랗게 젊은 애송이라니, 정말 쉽사리 믿기 힘든 일이다.

직접 두 눈으로 보지 못했다면 믿기 어려웠으리라!

괜찮다.

그런 건 그다지 중요한 게 아니었다. 그가 달리 동창의 제독태감인 게 아니었다. 냉정침착하기로 따지자면 천하에 적수를 찾기 어려운 독심의 소유자가 아니던가.

그런 그조차 지금은 정신이 혼미해져 왔다. 그만큼 놀랐다. 천신이나 다름없던 가정제가 유대유와 함께 떨어져 내리는 광경 따위는 상상조차 해본 적이 없었다.

어떻게 이런 말도 안 되는 일이 벌어진 것일까?

사치다. 그 같은 의혹에 빠져 있을 틈이 없었다. 반드시 가정제를 구해야만 했다. 천신이라 한들 이 정도 높이에서 추락

한다면 목숨을 건질 가능성이 없을 터였다.

슥!

구양백이 지체없이 하늘로 날아올랐다.

*　　　　*　　　　*

병부의 총책임자인 장관 여민찬은 근래 기분이 매우 언짢았다.

병부가 어떤 곳인가?

바로 명제국 중앙의 군권을 총괄하는 군부의 핵심 중 핵심이었다. 북경 일대의 전반적인 치안과 수비를 책임지고 있는 오군도독부의 도독들조차 여민찬에겐 한 수 접고 들어가야만 했다.

근데 갑자기 세상이 바뀌었다.

여민찬과 돈독한 친분을 유지하고 있던 대학사 엄숭이 황제 가정제의 침묵 속에 맞수인 동창 제독 구양백에게 숙청을 당하는 사건이 발생한 까닭이었다.

여민찬은 결정을 내려야만 했다.

엄숭에게 계속 의리를 지키거나 구양백에게 머리를 조아리거나.

그는 본래 자신의 목숨을 소중히 여기는 사람이다.

권력 역시 매우 좋아했다.

엄숭과 친교를 유지하고 있던 것 역시 그가 현재 국정의 총 책임자였기 때문이었다.

결정은 쉽게 내려졌다.

그는 지난 수일간 아주 충실하게 구양백의 명령에 따라 엄숭 일파의 숙청에 앞장섰다. 그게 향후 자신의 권력을 유지하는 데 큰 도움이 되리란 판단이었다.

그런데 여기서 문제가 발생했다.

그 같은 판단을 내린 게 여민찬뿐이 아니란 것이었다.

'상 도둑, 상관 도둑, 이 쥐새끼 같은 놈들! 하라는 북경 주변의 치안은 내팽개치고 곧바로 성내로 군사를 몰고 오다니!'

그렇다.

여민찬을 분노케 한 것은 오군도독부의 다섯 도독 중 두 명이었다. 그들은 놀랍게도 휘하의 수만 정병을 이끌고 북경성으로 진군해 들어왔다. 미리 구양백과 교감을 나누고 있었던 것이 분명하다.

그로 인해 문제가 복잡해졌다.

여민찬은 기대했던 것과 달리 내전에 준하는 상황에 처한 북경 일대의 군권으로부터 상당 부분 소외되었다. 다른 두 명의 도독과 구양백에 의해서 말이다.

당연하달까?

비슷한 꼴이 된 금의위 수장 대영반 황보굉과 여민찬은 근래 자주 만나고 있었다. 동병상련(同病相憐)의 심정으로 술잔을 나누며 후일 자신들을 향할지도 모를 구양백의 칼날에 대한 불안감을 떨치곤 했다.

오늘 역시 마찬가지였다.

대낮부터 황보굉과 함께 술 약속을 잡았던 여민찬에게 금포 무장 한 명이 쏜살같이 달려왔다. 황보굉이 총애하는 신창양가 출신의 무장 양우민이었다.

"소장, 여 장관님을 뵈옵니다!"

"오! 황보 대영반에게 무슨 일이라도 생긴 것인가?"

"그게……."

잠시 말끝을 흐린 양우민이 주변의 이목을 살피곤 빠른 걸음으로 여민찬에게 다가와 조그맣게 속삭였다.

"…궁궐 내에서 변란이 일어났음을 대영반께서 여 장관님께 알리라 하셨습니다."

"변란?"

"동창의 일급 무사 전체가 현재 외조 북쪽으로 달려갔는데, 상황이 심상치 않게 돌아가고 있는 것 같습니다."

"구양 공공은?"

"역시 그곳에 계신 것 같습니다만……."

"금의위에는 어떠한 전갈도 없었다는 뜻이군?"

"…그렇습니다."

여민찬의 안색이 딱딱하게 변했다.

마계라 할 만한 곳이 북경의 군문이다. 이런 곳에서 병부의 수장인 장관에까지 오른 터에 눈치나 판단력이 남보다 뒤질리 만무하다.

하물며 근래 그는 꽤나 정신적으로 몰려 있었다.

복지부동하고 있을 때가 아니었다.

어떡하든 돌파구를 마련해야만 했다. 그 점은 대영반 황보굉 역시 마찬가지일 터였다.

'다시 내게 기회가 온 것인가? 자칫 염라부의 문을 연 것일지도 모르겠으나 그냥 모른 척할 순 없게 되었구나!'

전과 동일하다.

여민찬은 곧 결단을 내렸고, 곧바로 실행에 들어갔다.

"내 곧 입궐할 터인즉, 자네는 황보 대영반에게 달려가 금의위의 모든 전력을 집결시키라 전하시게!"

"존명!"

양우민이 반드시 듣고 돌아가야만 할 명이었다. 복명은 어느 때보다 컸다.

잠시 후.

병부의 장관인 여민찬과 휘하의 장졸 삼천 명이 자금성으로 달려들어 갔다.

내부에서는 기다리고 있던 금의위가 내응했다.

목적은 자명하다.

황제 가정제의 안위를 확인하고 그의 명에 의해 궁에서 일어난 변란을 제압하는 것이었다. 동창과 오군도독부와는 별개로 말이다.

*　　　　*　　　　*

스으!

엽자건은 단숨에 삼십 명이 넘는 동창위사를 베어 넘겼다.

어쩔 수 없었다.

그들의 방해로 자칫 추락하는 곤왕 유대유를 놓쳐선 곤란했기 때문이다.

더불어 가볍게 떠오른 신형.

쏜살같이 공중으로 치솟아오른 그가 병아리를 낚아채는 매와 같은 움직임으로 유대유를 추락의 위기에서 구출해 냈다.

물론 쉽진 않았다.

무려 수십 장이나 되는 높이에서 추락하며 가중된 유대유의 무게는 상상을 초월할 정도였다. 무한에 가까운 활력의 도움을 받는 상황에서도 엽자건은 자칫 그를 중산에 놓칠 뻔했다. 그만큼 엄청난 가속도와 무게였다.

흔들.

그러나 엽자건은 이미 이 같은 상황을 경험한 바 있었다. 예상 역시 하고 있었다.

빙그르르!

허공중에서 엽자건은 유대유를 안고 몇 차례에 걸쳐 공중 제비를 돌았다. 그렇게 함으로써 가속도가 더해진 유대유의 추락 속도를 분산시키려 했다.

그때 다시 그를 노리며 날아든 철시!

유대유를 얼른 품속으로 안은 엽자건의 발끝이 철시의 촉 부분을 가볍게 건드렸다.

토옥!

그 순간 엽자건의 신형이 갑작스레 감쪽같이 사라졌다. 아무것도 없는 허공중에서 모습을 감춰 버린 것이다.

부동무상.

뒤이어 부풍무영과 궁신탄영이 혼합되었다. 단 한 발의 화살에 담긴 힘을 빌어 단숨에 몇 개나 되는 전각을 뛰어넘는 말도 안 되는 짓을 성공시켰다.

머리로 생각하고 한 게 아니다. 본능이었다.

전장을 굴러다니며 몸으로 체득한 위기 대처 능력이 엽자건으로 하여금 이런 말도 안 되는 짓을 가능케 만들었다.

'설마 돌아가신 건 아닐 테지?'

바쁜 와중에도 엽자건은 품속에 아이처럼 안겨 있는 유대유의 맥을 확인하는 걸 잊지 않았다. 전장을 굴러다니며 얻은 기술 중 하나였다.

다행히 유대유의 맥이 잡혔다.

그는 죽지 않았다. 단지 정신을 잃어버렸을 뿐이다.

'휴우, 그럼 일단 이 지긋지긋한 황궁을 벗어나야 되겠는데……'

내심 안도의 한숨과 함께 눈앞에 펼쳐져 있는 무수히 많은 전각군을 살피던 엽자건의 눈에 이채가 어렸다. 눈에 익은 여인의 모습을 발견한 때문이었다.

살랑! 살랑!

역시 엽자건을 발견한 홍인화가 다급한 표정으로 손을 흔들어 보였다. 어서 자신 쪽으로 오라는 신호였다.

'…아직도 환몽사안의 약빨이 남아 있었던가?'

의외다.

엽자건이 익힌 환몽사안은 그야말로 수박 겉핥기에 불과했다. 감요진과 동행하는 동안 유심히 관찰한 후 몇 차례 시험해 본 게 전부였다.

당연히 성공률이 그리 높지 못했다.

대충 삼사 할의 성공율인데, 그나마도 세수경의 깨달음을 통해 인체의 기맥 흐름을 간파할 수 있는 능력을 키운 덕분에 가능했다.

잠깐 자신의 천재적인 재능에 내심 뿌듯해한 엽자건이 빠른 걸음으로 홍인화에게 다가들었다. 여전히 가볍고도 민첩한 움직임이다.

홍인화가 다소 놀란 표정이 되었다.

수일 전 건청궁 앞에서 헤어진 후 첫 번째 재회였다. 밤중에 잔뜩 화장을 떡칠했던 얼굴과 현재의 엽자건은 아주 많이 달라 보일 수밖에 없었다.

'엽 상공은 진짜 잘생겼구나! 어쩌면 이렇게 사내가 잘날 수가 있지?'

은근히 미모에 자신이 있는 몸이었다.

황제의 비빈이 되지 않은 건 운이 없어서라 여기고 있었다.

그렇게 자존심이 높은 그녀의 눈에 땀으로 화장이 지워지고 틀어 올렸던 머리가 산발이 된 엽자건은 너무 눈부셨다. 거의 누더기가 다 된 궁녀 복장에도 불구하고 얼굴 전반에 걸쳐 흘러나오는 후광 효과가 자연스럽게 위력을 발휘하는 듯했다. 아직도 환몽사안의 기운이 확실하게 효력을 유지하고 있다는 증거였다.

"어찌 위험하게 이런 곳까지 온 것이오?"

"아!"

엽자건의 질문에 홍인화가 나직한 탄성과 함께 내심 고개를 가로저었다. 이런 때에 넋이 나가선 아주 곤란하다.

"엽 상공, 어서 이곳을 피하셔야 합니다!"

'상당한 숫자의 군사! 앞서 상대했던 녀석들과는 다른 부류가 몰려오고 있다!'

기감을 활성화시켜 주변을 살핀 엽자건이 살짝 눈살을 찌푸렸다. 아주 난리판이다. 앞으로 얼마나 더 많은 부류의 병사들과 싸움을 벌여야 할지 짐작조차 할 수 없을 것 같다.

홍인화가 다시 재촉했다.

"현재 궁궐의 안팎은 금의위와 병부의 수천 장졸들에 의해 점거되어 버렸습니다. 소첩이 안전한 곳으로 안내할 터이니 일단 따라와 주세요."

"이럴 때 안전한 곳이 있겠소?"

"내원에 있는 순찰원은 동창이나 금의위의 고위급이라 해도 쉽사리 들어올 수 없는 곳입니다. 그런데 품에 안겨 있는 분은……."

"내 아버님이오."

"예?"

"홍 소저를 내게 소개받기 위해 입궐하셨다가 변을 당하셨소이다."

"그럴 수가……!"

엽자건의 말도 안 되는 말에 홍인화가 안색을 도홧빛으로 물들였다. 역시 환몽사안의 위력은 위대했다.

이어 그녀가 앞장섰고 엽자건이 뒤를 따랐다. 여전히 유대유는 아주 편안히 의식을 잃고 있었다.

*   *   *

불귀옥(不歸獄).

세상에 거의 알려진 바가 없는 자금성의 어둠 중 하나다.

온갖 정치범과 황실의 패륜아, 대역죄인들이 갇혀 있다 형장의 이슬로 사라지는 장소이기도 했다.

재미있는 점은 이곳이 최근 아주 북적거리게 되었다는 점이다. 십수 년 만에 최고로 많은 새 손님들을 맞아서 아주 활기가 넘치게 되었다.

특이한 점은 고문이 자행되지 않았다는 거다.

권력의 힘이 작용한 것일까?

전혀 그렇지 않다. 오히려 고문을 당하지 않은 것보다 더욱 나쁜 상황이라 할 수 있었다. 굳이 뭔가를 캐낼 필요가 없다고 볼 수 있었기 때문이다.

끼이익!

오래된 철문이 열리는 소리에 송지하는 몸을 가볍게 꿈질거렸다.

암중귀도!

은연중 천살마도 이염과 함께 명성을 떨치고 있던 명호의 주인공은 지금 완전히 망가져 있었다. 괴이한 내공에 의해 내공이 폐쇄되고 근골 역시 상당 부분 훼손되었다. 귓전을 울리는 소리에도 몸조차 가누지 못할 정도였다.

그래도 아직 살아 있는 게 있다.

눈.

차가운 바닥에 널브러져 있는 육신과 달리 송지하의 눈빛은 여전히 한성처럼 맑고 강했다.

언제든 내공에 걸려진 금제만 풀린다면 다시 칼을 들고 자신을 가둔 이 더럽고 냄새 나는 뇌옥을 탈출할 생각으로 불타오르고 있었다.

'이런 때에 이 거지 같은 곳에 외부인이 온다는 건 두 가지밖에 없다. 구양백이 반대파 숙청을 확실히 끝장내려는 것이거나 황궁 내에 새로운 변란이 일어났거나. 일단 나는 후자 쪽에 걸어봐야 하는 건가?

망가진 육체와 달리 머리는 아직 괜찮다.

송지하는 잠시 느긋해지기로 마음먹었다. 어차피 한동안 그가 할 수 있는 일도 없을 테니까.

엄숭은 여전했다.

그는 뇌옥에 갇힌 상태에서도 평상시의 꼿꼿함을 유지하고 있었다. 황제를 대신해 국정을 운영하며 일인지하 만인지상의 위치로 지낸 게 몇 해런가? 반생 동안 쌓아올린 기품이 단 수일 만에 바뀔 리가 없다.

"여 장관, 어찌 이런 누추한 곳까지 찾아오신 것인가?"

"그동안 강녕하셨습니까?"

"강녕이라……."

엄숭이 자신 앞에 부복한 여민찬을 향해 허허로운 웃음을 내보였다. 그러나 눈빛은 다르다. 이순(耳順)을 바라보는 나이에도 불구하고 강철을 녹일 듯 뜨겁다.

"내 다시 묻겠네. 어찌 찾아온 것인가?"

"그보다 먼저 물으셔야 하는 게 있지 않습니까?"

"황상께서는? 황상께서는 무탈하실 테지!"

처음이다. 엄숭의 흐트러짐없던 자세가 바뀌었다. 눈빛은 더욱 뜨겁게 변했고.

"현재 환우가 위중하십니다."

"환우가 위중하셔?"

"금일 궐내에서 변란이 있었습니다. 그 와중에 자객에게 해를 당하신 것 같습니다."

"같습니다라니! 그게 병부의 수장 된 자의 입에서 흘러나올 말인가!"

버럭 화를 내는 엄숭에게 여민찬이 얼른 고개를 조아려 보였다. 이 정도 화풀이쯤은 충분히 들을 각오를 하고 불귀옥을 찾아왔다.

"현재 궐의 안팎에는 난기류가 흐르고 있습니다. 북경에서 가장 가까운 곳에 위치한 종친 연평왕 전하께서도 납치를 당한 상황이니, 대학사께서 다시 복귀하셔서 정국을 주도하셔야만 할 것 같습니다."

"구양백은?"

"황보 대영반과 대치 중입니다. 동창의 전력이 크게 줄어든 상황이니 충분히 견제가 가능할 거라 사료됩니다."

"그럼 관건은 북경으로 진군한 오군도독부의 정병이겠군? 몇 명의 도독이 구양백에게 붙었는가?"

"둘입니다."

"상인걸과 상관수명이겠군. 그들은 대가 약한 자들이니 황명없이 끝까지 군사를 북경에 주둔시킬 수는 없을 것이야."

"그렇다 해도 수만의 군세가 위협적입니다. 그들이 불측한 마음을 품는다면 현재 자금성에 집결시킨 병부의 오천 군세로는 대적하기가 어렵습니다."

"그래서 자네가 날 찾아온 게 아니겠는가? 염려 마시게, 내게 그들을 제압할 묘책이 있으니까."

"그럼……."

"곧바로 이곳을 나가야겠네. 내가 정국을 수습하는 동안 자네는 따로 사람을 풀어 연평왕 전하를 찾도록 하게. 만약 황상께서 붕어하신다면 차대 황상이 되실 분이니까 말일세."

"…전력을 다하겠습니다."

여민찬이 재빨리 군례를 올렸다. 내심 엄숭을 찾아오길 잘했다는 생각과 함께였다.

第七十八章

마신금갑(魔神禁甲)

少林
棍王
소림곤왕

흔들리는 불빛.

깊은 심연처럼 가라앉아 있던 천기마야의 눈동자에 뚜렷한 변화가 생겨났다.

두 개의 동공.

일반인처럼 하나만 존재하던 눈의 동공이 두 개가 되었다. 아주 소름 끼치는 변화다.

부르르!

그와 함께 몸에도 변화가 있었다.

노인답지 않게 건장하던 그의 몸이 한차례 떨림을 보이더니, 근골 자체에서 요란한 기음이 일어났다. 흡사 무언가를 두들겨 패다 못해 부숴 버리는 듯한 소리다.

　계속되진 못했다. 곧 제동이 걸렸다.

　"대존주님, 이런 짓은 곤란합니다!"

　[호오? 그사이 무력이 상당히 많이 늘지 않았나? 이만하면 내 그릇을 하기에 부족함이 없겠는걸?]

　"그러니까 그런 짓은 곤란하다고 말하지 않았습니까?"

　[날 밀어내려는 것이냐?]

　"제 정체성을 지키고 싶을 뿐입니다. 저는 머리로써 세상을 사는 자인즉, 대존주님의 논리적이지 않은 삶의 일부분이 되기엔 마땅치 않습니다."

　[그래서 모사답게 음모로써 천하를 도모하려 했더냐?]

　"대존주님께서 무능한 중원의 황제를 그릇으로 삼지 않았다면 이미 성공했을 것입니다."

　[그건 미안하게 됐군. 하지만 곤왕이란 어린애는 네 머리만으로 어찌해 보기엔 쉽지 않았을 것이다. 내가 중간에 끼어들지 않았다 해도 말야.]

　"그건 모르는 일입니다. 게다가 그자가 갑작스레 무위자연의 도를 깨우친 건 모두 대존주님 덕분이 아닙니까?"

　[시간문제였을 뿐이다. 그 녀석 같은 괴물은 아주 오랜만에 봤으니까 말야.]

　"그건……."

　천기마야가 다시 항의하려다 말끝을 흐렸다. 느닷없이 강신(降神)이 된 상황에서도 온전하던 정신력이 크게 약화되었기 때문이다.

"…대존주님, 줄곧 제게 말을 걸었던 이유가 있던 것입니까? 하지만 이런 식으로 제 몸을 강탈하시는 건 절대 좌시할 수 없는 일입니다!"

버럭 노성을 터뜨린 천기마야가 손을 들어 올렸다.

장심, 깊숙한 곳.

어느새 검은색 강환(罡環)이 뭉쳐져 있다. 단 일격에 금강 불괴지체라도 바숴 버릴 수 있는 흑색마장(黑色魔掌)이었다. 그리고 지금 정확히 천령혈을 노리고 있었다.

[진짜 이럴 거냐?]

"그럴 겁니다! 그러니 어서 제 몸속에서 빠져나가시는 게 좋을 겁니다!"

[그럼 다른 몸을 내줘라. 나는 아직 유희를 끝내지 못했으니까…….]

"곤왕을 죽이시려는 것입니까?"

[이미 끝난 승부다. 어차피 그 녀석의 한계는 봤으니 더 이상 관심이 없다.]

"하면?"

[중원에 무상지도의 파편을 얻은 어린애가 나왔더구나. 그 녀석의 한계는 아직 보지 못했으니 잠시 더 지켜봐야만 하겠다.]

"중원에 곤왕을 능가하는 자질을 가진 자가 나타났다는 말입니까?"

[그건 모르지. 그러니 지켜보고자 하는 것이고.]

"……."

천기마야가 잠시 침묵을 지키다 자신의 천령혈을 노리고 있던 흑색마장의 강환을 거둬들였다.

변화는 그것만이 아니다.

스웃!

문득 그의 손끝이 가벼운 떨림을 보이자 뒤에 병풍처럼 존재하던 장막이 마구 흔들렸다. 흡사 광풍에라도 휩쓸린 모습이었다.

그와 함께 드러난 한 명의 무장.

전날 주산군도에서 천기마야가 납치해 온 해월왕 야규 세이쥬로다.

[오! 제법 괜찮은 근골을 지닌 몸이 아닌가?]

"부상국에서 첫손가락에 꼽히던 무인입니다. 특별히 중원의 내공을 연마하지도 않았으니 대존주께서 사용하시기에는 나쁘지 않을 겁니다. 또한… 벌써 가셨는가!"

침착하게 설명하던 천기마야가 입가에 쓴웃음을 지어 보였다.

과연 변화가 있었다.

그의 눈동자가 정상으로 돌아왔고 부풀어 올랐던 근골 역시 평상시의 모습을 회복했다. 아예 처음부터 별다른 일도 없었던 듯싶다.

대신이랄까?

장막 뒤에 석상처럼 존재하던 해월왕의 푸른 낯빛에 급격히 화색이 깃들었다. 부활이다. 죽었던 자에게 다시 생명이 돌아오게 된 것이다.

더불어 일어난 압도적인 기세!

바람의 도움도 없이 홀로 펄럭이고 있던 장막이 일순 잿가루로 변해 버렸다. 지척에서 일어난 해월왕의 무형지기가 만들어낸 참상이었다.

"이건 또 뭐야?"

혈기 어린 마광과 함께 눈을 뜬 해월왕, 아니, 대종교의 대존주 대막마신(大漠魔神)의 입에서 나직한 투덜거림이 터져나왔다. 천기마야의 몸속에 강신했을 때와는 달리 매우 인간적인 모습이다.

으쓱!

천기마야가 어깨를 한차례 추어 보이곤 한쪽 입꼬리를 살짝 치켜올렸다.

"그러게 설명 같은 건 제대로 들으셨어야지요, 대존주님."

"그 설명이란 걸 해보거라. 어째서 이놈의 몸에 마신흉갑(魔神胸甲)이 채워져 있는 것이냐? 어차피 이 물건은 승천비룡검제 이후 사용할 수 없게 된 것일진대!"

"물론 그렇습니다. 하지만 마교(魔敎)의 삼신기(三神器)가 달리 삼신기이겠습니까?"

"달리 사용할 방도를 알아낸 것이냐?"

"마교의 삼신기 중 하나인 마신흉갑은 이제 마신금갑(魔神禁甲)이라 해야 옳을 것입니다."

"마신금갑? 설마 날 이따위 물건으로 금제하겠다는 뜻이더냐?"

반문과 함께 대막마신이 재밌다는 듯 웃어 보였다.

그가 강신한 해월왕의 육신은 온갖 향락과 너저분한 선단술(仙丹術)로 찌든 가정제와는 완전히 달랐다.

근골은 강철 같고 몸속에는 깃든 기력은 중원의 일반적인 내공과 다를 뿐 위력 면에서 결코 떨어지지 않았다. 근래 강신했던 어떤 그릇보다 매우 마음에 들었다.

당연히 가정제 때보다 대막마신은 몇 배나 더 강력한 힘을 발휘할 수 있게 된 상태였다. 비록 마신흉갑이 삼신기 중 하나이고, 이젠 마신금갑이 되었다는 말을 들었으나 그다지 신경 쓰이지 않았다.

뿌드드드득!

일순 대막마신의 전신에서 요란한 기음이 터져 나왔다.

순수한 힘의 발현이다.

순간적으로 초인적인 기력을 한 점에 응축시킨 대막마신이 마신금갑의 속박에서 벗어나려 했다. 깨뜨리려 했다. 자신의 몸에서 떼어내려 했다.

파창!

마신금갑은 내부에 장치된 강침으로 대응했다.

역시 요란한 기음과 함께 대막마신의 그릇인 해월왕의 육신을 무자비하게 난도질했다. 상반신에 존재하는 중요 혈도 중 상단전과 이어진 곳들을 모조리 봉쇄해 버렸음은 물론이었다.

"하핫!"

짤막한 웃음이었다.

그와 함께 마신금갑에 제압당한 대막마신이 석상같이 굳어버렸다. 해월왕 야규 세이쥬로일 때와 하등 변한 것이 없는 결과였다.

"영웅은 자고로 미인이나 자부심으로 인해 죽는 법! 대존주님께서는 잠시만 그자의 몸속에서 안돈하고 계십시오. 곤왕을 죽이고, 대법대불왕을 죽이고, 황천기주를 죽여서 중원을 마천의 세상으로 만든 후 풀어드리도록 할 터인즉."

"……."

대막마신은 대답이 없었다.

그는 자신에게 정중하게 머리를 조아리는 천기마야를 그저 노려보고만 있었다. 지금 할 수 있는 일은 그게 전부였다.

*   *   *

북경 교외.

자금성을 중심으로 난리가 벌어진 북경성과는 별개로 격렬한 혈전이 벌어지고 있었다.

특이한 점이 있다.

각기 사오십 명씩이나 되는 인원의 고수들이 동원되었음에도 별다른 소란이 없다는 점이다.

은밀하면서도 살벌하달까?

정오를 조금 넘긴 시간부터 평범한 장원에서 벌어진 혈전은 한 식경 만에 무수히 많은 사상자를 만들며 조용히 진행되었다.

공격하는 자와 반격하는 자.

어느 누구도 비명이나 기합을 입 밖에 내지 않았다.

그냥 살기를 뿌리며 칼날과 장력을 날리고 피를 사방으로 뿌려댔다. 각자 목적을 뚜렷이 갖고서 최선을 다했다. 현재 할 수 있는 일이 그것밖엔 없는 듯 그리했다.

멀찍이 떨어진 나무 위.

꽤나 오래전부터 은신술을 펼친 채 환월은 장원을 주시하고 있었다. 눈앞에서 벌어지고 있는 혈전의 배후가 바로 그녀인 까닭이었다.

그런데 어찌 된 일인지 그녀는 지금 아미를 찡그리고 있었다.

심히 불만스런 표정이다.

눈앞에서 벌어지고 있는 혈전이 자신의 의도와는 완전히 다른 방향으로 흘러가고 있었기 때문이다.

'과연 사부님은 대단하시구나! 내 의도를 이렇게까지 정확하게 파악하고 대비책을 세워놓으셨을 줄이야! 하지만 철담협개라는 분도 만만치가 않아서 귀살인도의 피해는 앞으로 꽤나 많이 늘어나게 되겠구나……'

눈앞의 장원은 본래 귀살인도가 장악하고 있었다.

정오 전까지만 해도 그러했다.

이는 환월이 자신의 두 눈으로 확인한 상황이었다.

다만 연평왕부를 떠난 철담협개 일행이 도착했을 때는 상황이 완전히 바뀌었다.

금선탈각(金蟬脫殼)!

귀살인도는 귀신같은 수법으로 장원에서 모습을 감췄다. 하류의 인자들과 그동안 불러모은 부상국의 낭인 무사들로 인의 장막을 만들어놓고 본진은 쏙 빠져나가 버렸다.

물론 어느 정도 환월이 예상했던 바였다.

이런 상황까지를 염두에 두고 철담협개 일행을 끌어들였다.

단! 그녀의 예측 치를 벗어난 인물이 존재했으니, 철담협개와 천살마도 이염 부자다. 그들 역시 장원의 공격 시 모습을 감쪽같이 감춰 버린 것이다.

양쪽 모두 알맹이가 빠져나가 버린 상황!

이후의 전개를 환월은 더 이상 예측할 수 없었다. 그게 아주 기분 나빴다.

'물론 주인의 명령대로 연평왕을 구해내야겠지만 귀살인도가 위험에 빠져서는 곤란해. 비록 날 버리긴 했지만 내 형제고 자매들이니까. 그러니 이젠 모험을 걸 수밖에 없게 되었다.'

모험.

다시 생사귀문을 지키던 사부 환야와 마령귀사를 상대하는 거다. 한 명도 버거운 최강의 인자들의 방비를 뚫고 연평왕을 구출해 내야만 하는 거다.

까닥! 까닥!

문득 환월의 작은 두 발이 몇 차례 움직임을 보였다.

마음의 결정은 이미 내려졌다.

이제 실행에 옮길 일만 남았다. 인자답게 머리로 생각한 것을 실행하는 데 너무 긴 시간을 보낼 필요는 없었다.

슉!

환월의 신형이 모습을 감췄다.

장원의 서북쪽 관도 위.

철담협개는 지금 한 대의 사두마차를 막아선 채 노안 가득

형형한 안광을 뿜어내고 있었다.

이염 역시 보인다.

그는 청룡도에 묻은 핏물을 대충 바지에 닦아내고 있었다. 주변에 널브러져 있는 십수 명의 인자와 꽤나 많은 상관이 있음을 말해주는 모습이다.

철담협개가 무겁게 입을 열었다.

"더 이상의 살상은 원치 않네. 왕야를 이만 넘겨주게나."

"……."

이염은 고개를 가로저었다. 자신의 뜻은 완전히 부친 철담협개와 다르다는 걸 분명히 했다.

퍽!

철담협개의 타구봉이 이염의 질펀한 엉덩이를 때렸다. 어떻게 뒤도 돌아보지 않고 그런 일이 가능할 수 있었을까?

금세 밝혀졌다.

휘리릭!

순간 철담협개의 손을 떠났던 타구봉이 빙그르르 커다란 원운동과 함께 그에게 돌아왔다. 이기이검과 비슷한 수준의 기법을 자연스레 펼쳐 낸 것이다.

'제길, 말로 하시지!'

이염이 인상을 긁었으나 입을 열어 화를 내진 않았다.

근래 얼떨결에 화해를 한 부친이다. 비록 여전히 사이가 썩 좋지는 않으나 강적을 눈앞에 둔 채로 언쟁을 벌이고 싶진 않왔다.

대신 그의 살기는 모조리 사두마차 쪽으로 향했다.

주변에 널브러져 있는 인자들 중 절반 이상을 해치우는 동안 그의 몸에는 대여섯 군데가 넘는 상처가 생겼다. 살짝 베인 정도로 끝난 것도 있으나 뼈가 드러날 만큼 깊은 것도 있었다. 내공으로 현재 억지로 봉합하고 있으나 아픔까지 없어진 건 아니었다.

"이 씨발놈들아! 당장 왕야를 넘겨주지 않으면 내 모조리 찢어 죽이고, 살을 발라 죽이고, 뼈를 씹어 죽여서 완전히 씨를 말려 버리고 말 테다!"

노성과 함께 청룡도가 시퍼런 도강을 만들어냈다.

당장 사두마차를 일도양단할 기세다.

히히힝!

가뜩이나 긴장해 있던 말들이 길길이 날뛰었다. 이염이 뿜어내는 살기와 고함에 혼백이 달아날 만큼 놀라 버렸다.

순간 다시 이염 쪽에 못마땅한 시선을 던지던 철담협개의 이마에 깊은 골이 패었다.

'허어! 이리 가까이 다가들 때까지 기척을 죽일 수 있었다니, 놀라운 아이가 아닌가!'

절대지경을 넘보는 삼기 중 일좌가 철담협개다.

그의 확장된 기감은 사두마차 주위를 꽤나 오랫동안 철통같이 감시하고 있었다. 혹시라도 중간에 연평왕에게 문제가 발생하거나 다른 곳으로 빼돌려질 가능성이 있다는 판단이었다.

그런 그의 기감이 급격히 사두마차로 다가드는 귀신같은 인영 하나를 뒤늦게 간파해 냈다. 막 이염이 일성대갈을 터뜨린 것과 동시에 벌어진 일이었다.

그렇다면 이대로 그냥 손놓고 기다릴 수만은 없다.

임기응변이란 이럴 때 쓰라고 만들어놓은 말일 터였다.

그런데 막 마차 안으로 신형을 날리려던 철담협개가 번개같이 타구봉으로 바닥을 찍었다.

콰득!

무언가 박살 나는 소리가 났다.

더불어 탄력을 받은 타구봉에 체중 전체를 실은 철담협개의 신형이 공중으로 부웅 날아올랐다. 깃털이나 다름없다. 그만큼 가볍게 몸을 띄웠다.

비어 있는 수장 역시 놀지 않는다.

그의 특기인 강룡장이 연달아 대기를 뒤흔들었다. 맹폭을 가했다.

퍼퍽!

이번에도 여지없이 박살 나는 소리가 났다.

그의 일봉일장(一棒一掌)에 여태까지 모습조차 보인 적이 없었던 귀살인도의 특급 인자 두 명의 목숨이 날아갔다. 찰나나 다름없는 짧은 순간 만에 그리되었다.

이염 역시 놀고 있지는 않았다.

그의 청룡도가 여지없이 대기를 갈랐고, 환마술을 이용해 사각으로 다가들던 특급 인자의 목이 날아갔다. 옆구리에 긴 상처 하나를 추가시킨 후에.

"망할!"

이염이 피투성이가 된 옆구리를 한 손으로 누른 채 욕설을 터뜨렸다. 부친 철담협개가 먼저 기쾌한 움직임을 보이지 않았다면 방금 전 목이 잘린 건 자신일 수도 있었다. 분노가 맹렬히 끓어오르지 않을 수 없었다.

그럼 마차 안은?

재빨리 마차로 달려간 철담협개와 이염의 얼굴이 환해졌다.

세 개의 주검과 함께 남겨져 있는 근엄한 인상의 중년인의 무사함이 그들을 행복하게 만들었다.

"왕야, 무사하여 다행입니다!"

"더럽게 고생하며 왕야를 구해냈습니다! 정말 무사하셔서 다행입니다!"

연평왕 주정이 허탈하게 웃어 보였다.

며칠간 식사를 거부한 끝에 크게 허약해진 그가 할 수 있는 유일한 치하의 행동이었다.

*   *   *

꾸깃!

마령귀사는 환야로부터 전해 받은 서신을 눈으로 살피다 손에 힘을 주었다.

화가 나서가 아니다.

예상보다 환월의 활약이 눈부셨기 때문이다.

그녀의 적극적인 도움으로 귀살인도는 대부분의 인자들과 함께 북경을 빠져나올 수 있었다. 연평왕 주정이란 계륵(鷄肋)을 건네주고서.

"과연 좋은 제자를 뒀군."

"천기마야님께는 어찌 설명을 할 생각이십니까?"

"귀살인도의 특급 인자 셋이 죽고, 정예로 삼십 명이나 되는 제자를 잃었다. 북경 일대에 수만이 넘는 대군이 모인 상태에서 이번 일에 대한 책임을 묻기는 쉽지 않을 것이다. 게다가 천기마야님에겐 아직 귀살인도가 필요하다. 이번 일에 대한 추궁을 길게 하진 못할 테니 염려할 것 없어. 그보다……."

잠시 말끝을 흐린 마령귀사가 환야에게 차가운 시선을 던졌다.

"…환월, 그 아이를 어찌할 작정인지 묻고 싶군? 귀살인도를 나간 것은 상관없지만 향후 적으로서 만나게 된다면 골치 아픈 존재가 될 거야."

"당주께서는 염려하실 필요 없습니다. 다시 만나게 된다면 그때는 반드시 제 손으로 명을 끊도록 할 터이니."

"두 번은 용서하지 않을 것이야."

"……."

환야는 침묵으로 대답을 대신했다.

귀살인도를 책임지고 있던 인자의 맹세다.

더 이상 추궁할 필요성을 느끼지 못한 마령귀사가 시선을 멀리 던졌다. 얼마 전까지 그들이 암약하고 있던 북경이 있는 방면이었다.

"피 냄새가 나는군. 아주 짙어. 부상을 떠난 후 다시는 이 정도로 짙은 피 냄새를 만나지 않을 줄 알았는데… 이만 가지. 북경과는 한동안 거리를 두는 편이 나을 거야. 아주 많이."

"존명!"

환야가 복명과 함께 손을 들어 올리자 백여 명에 달하는 귀살인도 인자들이 부복을 풀고 일어섰다. 하나같이 북경에서 무사히 탈출하는 데 성공한 강자들이었다.

*　　　　*　　　　*

순찰원.

엽자건이 얼떨결에 자금성의 내원에서도 요지에 속하는

장소에 덜컥 들어와 버린 지 사흘이 훌쩍 지나갔다.

그사이 자금성의 안팎은 난장판이 되었다. 불귀옥에서 복귀한 대학사 엄숭과 의식을 잃어버린 황제 가정제와 함께 건청궁에 자리 잡은 구양백 사이에 내전이나 다름없는 전투가 벌어진 까닭이었다.

여기서 가장 중요한 건 황제 가정제의 안위였다.

괴물이나 다름없던 가정제는 유대유와 양패구사를 한 직후 아직 의식을 회복하지 못하고 있었다. 어쩌면 그대로 이승을 하직할지도 모를 일이었다.

물론 반대의 경우도 있을 수 있다.

엽자건과 유대유는 물론이거니와 내전의 핵심인 대학사 엄숭 일파가 완전히 거덜나는 순간일 터였다. 운이 좋아야 대역죄인이요, 나쁘면 구족지멸을 당하기 딱 좋은 상황에 처했음을 부인할 수 없을 터였기 때문이다.

순찰원에 속한 내원 궁녀들의 도움으로 내전 상황을 꽤나 자세히 전해 듣게 된 엽자건은 내심 결정을 내렸다. 이대로 유대유와 함께 순찰원에 숨어 있다가는 죽도 밥도 되지 않으리란 판단이었다.

'그런데 어떻게 이곳을 나가지?'

그가 봉착한 문제의 핵심이다.

자금성은 일반 여염집이 아니다.

대륙을 지배하는 황제가 사는 곳이고, 중원의 중심이라 할 수 있었다.

자객을 대비하기 위함이리라!

이곳에는 흔한 나무 한 그루 없었고, 수챗구멍이나 개구멍 같은 것도 존재하지 않았다. 어떤 대단한 자객이나 살수, 도둑도 드나들 수 없는 곳이었다.

게다가 구천구백구십구 칸이란 말이 무색하지 않을 만큼 수많은 전각과 건물 사이엔 현재 병사들이 우글우글했다.

고수도 많다.

보통 때보다 못해도 열 배쯤 늘어난 숫자였다.

혼자 몸도 아니고 의식이 없는 유대유와 함께 쉽사리 탈출할 수 있을 리 만무했다. 사실 완전히 불가능한 일이라 할 수 있었다.

그러나 엽자건은 방도를 만들어내야만 했다. 유대유를 반드시 살려서 북경 밖으로 데려고 나가야만 했다. 그에게서 잠시 엿봤던 무위자연의 기운을 얻고 싶었기 때문이다.

아니다.

그건 단지 변명에 불과했다.

엽자건은 그냥 유대유를 이대로 놔둘 수 없었다. 그와 특별히 진한 정을 나눈 것도 없지만 왠지 마음이 갔다. 당당하게 괴물 같은 황제 가정제에 맞서갔던 그 호방한 모습을 다시 보고 싶었다. 대적자의 위치에서.

그런 복잡한 심사 속에 엽자건이 고심하고 있을 때였다.

순찰원 내부에서도 몇 명 아는 자가 없는 비밀 방의 방문이 활짝 열리며 세 명의 앳된 궁녀가 뛰어들어 왔다.

서화, 옥화, 혜원.

각자 순찰원의 부원주이자 최고 고수인 홍인화의 수족 같은 새끼 궁녀들이다. 올해로 열여섯, 열다섯, 열네 살의 나이인데 근래 엽자건에게 아주 큰 도움을 주고 있었다. 특히 열여섯 살로 큰언니인 서화가 그랬다.

"자건 오라버니, 조식을 가지고 왔습니다."

"자건 오라버니, 오늘은 특별히 만안전석 중에서도 아주 맛있는 요리 몇 가지를 가져왔답니다."

"만안전석은 황상께서만 드시는 음식이에요. 부디 맛있게 드셔주세요."

세 마리의 꾀꼬리가 재잘거리는 것 같달까?

서화를 필두로 옥화, 혜원이 각자 요리를 내려놓으며 떠들어대자 엽자건이 즉시 엄숙한 표정을 지어 보였다. 한 손가락이 입가에 살짝 대어져 있다.

"온석들! 유 상군님의 환우가 위중히시니, 내 항상 조용하라고 했지!"

"죄, 죄송합니다!"

서화가 얼른 송구스런 표정을 지어 보인 것과 달리 옥화와 혜원은 혀를 쏘옥 내밀어 보였다.

하늘에서 떨어지는 낙엽만 봐도 까르륵 웃음을 터뜨릴 나이다. 순찰원의 궁녀로 뽑혔으나 아직 장난기를 면하긴 어려워 보인다.

싱긋!

엽자건이 미소를 지어 보였다. 어차피 엄숙한 표정 중에도 입가는 이미 실룩거리고 있었다.

"그래, 오늘은 내게 어떤 얘기를 전해줄 작정이지?"

이번엔 서화가 엄숙한 표정이 되었다.

"먼저 조반부터 드십시오. 근래 식사를 자주 거르신다고 부원주님께서 걱정이 많으십니다."

"식사를 거른 적은 별로 없는데……."

"많으세요! 특히 어제는 물 외엔 한 끼도 드시지 않으셨잖아요!"

서화의 정확한 지적에 옥화와 혜원도 얼른 거들고 나섰다.

"그래요! 자건 오라버니는 너무 식사를 소홀히 하세요!"

"자건 오라버니가 식사를 하지 않으시면 우리는 아주 슬퍼요! 자건 오라버니는 우리들의 자랑이란 말예요!"

'우리들의 자랑?'

엽자건은 갑자기 두통이 이는 걸 느꼈다.

본래 그가 홍인화를 쫓아 순찰원에 온 건 극비 중의 극비였다. 순찰원 궁녀들 사이에 이미 그에 대한 소문이 퍼졌다면 향후 위기가 무궁무진할 터였다.

그때 서화가 얼른 나서 그의 의심을 불식시켰다.

"자건 오라버니는 너무 걱정하지 않으셔도 됩니다. 부원주님을 제외하고 자건 오라버니의 존재를 아는 사람은 우리 세 자매밖엔 없으니까요."

"믿어도 되겠지?"

"물론입니다. 우리는 절대 부원주님을 배신하지 않을 거니까요."

"좋아."

엽자건이 천천히 고개를 끄덕여 보이곤 슬그머니 뒤로 물러앉았다. 식사할 생각이 없었기 때문이다.

서화의 눈꼬리가 살짝 치켜올라 갔다.

"어째서 또 식사를 거르시는 겁니까?"

"생각이 없어서……."

"안 됩니다! 오늘은 반드시 자건 오라버니께서 식사하게끔 하라고 부원주님께 엄명을 받았습니다!"

"……."

엽자건의 얼굴에 난처한 기색이 떠올랐다. 근래 계획한 탈출 방법의 일환으로 극단적인 몸무게 감소의 필요성을 크게 느끼고 있는 까닭이었다.

'적당히 먹는 척을 하다가 나중에 도로 게워내면 되려나?'

초롱초롱한 눈초리들은 무섭다.

자신을 향하고 있는 여섯 개의 눈동자에 결국 엽자건이 두 손을 들려 할 때였다.

문득 그의 눈에 이채가 어렸다.

낯선 인기척이 비밀 방의 저편에서 천천히 다가들고 있었다.

방비하지 않을 까닭이 없다.

스웃!

문득 앞으로 신형을 움직인 엽자건이 서화를 화악 한 손으로 잡아채 품에 안고 옥화와 혜원은 옆으로 밀쳐 냈다. 일단 그녀들에게 피해가 발생하지 않게끔 한 것이다.

"아!"

"우에에!"

"우우우!"

일시 어리둥절해진 서화가 입을 벌린 순간 옥화와 혜원은 두 눈에 눈물마저 그렁하게 담았다. 엽자건의 갑작스런 행동에 완전히 얼이 빠져 버린 모습이다.

그때 천간검이 겨눠진 비밀 방의 문밖에서 익숙한 목소리가 들려왔다.

"엽 대형, 소제 송지하입니다. 잠시 들어갈 테니, 손에 부디 사정을 둬주십시오."

'송지하?'

엽자건이 그를 잊었을 리 없다. 아주 잘 기억하고 있었다.

단! 그의 뇌리 속에서 송지하는 근래 '사자(死者)'의 위치로 격하되어 있었다.

그럴 수밖에 없다.

자금성을 빠져나온 후 그는 가장 먼저 홍인화를 통해 수일 간 벌어진 권력 투쟁에 대해 들었다. 그중 동창의 제독태감 구양백에게 대학사 엄숭 일파가 숙청된 것은 가장 큰일이라 할 수 있었다.

스륵!

엽자건이 천간검에 담은 의형살인(意形殺人)의 기운을 거 둬들이곤 말했다.

"들어와."

"고맙습니다."

대답과 함께 송지하가 문을 열고 비밀 방으로 들어섰다.

여전히 잘생긴 얼굴.

수족이나 근골 역시 크게 상하진 않아 보인다. 겉모습만으 로 보면 헤어질 때와 달라진 게 없는 것이다.

'그런데 내공이 금제되었군. 그래서 곧바로 알아보지 못한 거고 말야.'

내심 엽자건이 좋지 않나는 생각을 할 때였다.

송지하가 입가에 장난기를 담았다.

"엽 대형, 그사이 재미가 좋으셨던 것 같습니다?"

"재미?"

엽자건이 그제야 여전히 자신의 품에 포옥 안겨 있는 서화 의 존재를 자각했다.

새액! 새액!

서화는 그의 품에 얼굴을 묻은 채 가쁜 숨을 연신 들이마시고 내쉬었다. 구슬처럼 동그란 얼굴은 잘익은 홍시처럼 발갛게 물들어 있다.

'이런!'

엽자건이 내심 혀를 찬 후 서화를 품에서 떼어냈다. 아직 어린아이다. 헛된 꿈을 꾸게 만들 순 없다.

"미안하게 됐다."

"모, 몰라요!"

서화가 두 손으로 얼굴을 감싼 채 밖으로 후다닥 뛰어나갔다.

"우에, 자건 오라버니가 서화 언니를 울렸다!"

"흑흑, 자건 오라버니, 짐승이야!"

옥화와 혜원이 커다란 두 눈으로 눈물을 줄줄 쏟아내며 엽자건을 비난하다 재빨리 서화의 뒤를 따랐다. 이미 그들의 눈에 서화는 엽자건에게 아주 심한 해코지를 당한 것으로 각인되어진 상태였다.

"저런! 저런!"

송지하가 고개를 절레절레 흔들어 보였다. 이미 세 새끼 궁녀의 점수를 냉철하게 내린 상태였음은 물론이다.

'사람을 짐승으로 만들어놓고 자신만 쏘옥 빠져나가니 좋더냐?

엽자건이 슬쩍 인상을 긁어 보였다. 잠시뿐이었다. 그는 곧 평상시의 표정을 회복했다.

"여전히 여자한텐 강하군."

"이번엔 좀 고전했습니다. 순찰원의 궁녀들은 꽤나 입이 무겁더군요."

"설마 다른 식으로 손을 쓴 건 아닐 테지?"

"엽 대형의 정인한테 그럴 수는 없지요. 현재 내공이 금제된 상태이기도 하고요. 대화로 풀었습니다."

"정인 아니야. 하지만 내가 조금 미안한 짓을 하긴 했지."

"사내가 계집한테 미안한 짓을 했다면 책임을 져야겠지요, 어떤 식으로든."

"그런 거 아니라니까."

"다들 그리 말하지요."

'이걸 콱!'

엽자건이 이죽거리는 송지하를 얄밉다는 듯 바라봤다. 아주 잠시뿐이다.

"그나저나 헤어진 동안 각자 많은 일이 있었던 것 같군."

"죽었다가 살아났습니다. 여전히 내공은 금제당한 상태이고요."

"스스로의 힘으로 탈출한 건 아닐 테지?"

"구양 공공한테 완벽하게 당했습니다. 다행히 대학사 엄 대인의 도움으로 간신히 목숨만은 구명할 수 있었습니다."

"그렇군."

엽자건이 미미하게 고개를 끄덕여 보였다. 대충 들어봐도 송지하가 그동안 당한 고난의 단면이 보인다. 더 이상 깊이 묻고 싶은 생각이 들 리 만무하다.

송지하가 고맙다는 표정과 함께 화제를 바꿨다.

"엽 대형, 이번에 소제를 위해 한 번만 힘을 써주시지 않겠습니까?"

"내가 도와주면 내공의 금제를 풀 수 있는 것이냐?"

"뿐만 아니라 엽 대형 역시 구명이 가능할 것 같습니다."

"구명할 사람이 한 명 더 있다."

"유대유 장군을 말씀하시는 겁니까?"

"그래."

엽자건이 짤막한 대답에 송지하의 표정이 우울해졌다.

그에게 있어 곤왕 유대유는 삶의 목표, 그 자체였다. 무인으로서 최종적으로 도달해야만 할 마지막 영역에 존재하는 신이었다. 우상이었다.

그런 그가 의식불명이라니!

맨 처음 홍인화를 통해 그 같은 사실을 전해 들었을 때 쉽사리 믿기지 않았다. 아니, 믿고 싶지 않았다. 방금 전 엽자건의 짤막한 대답을 듣기 전까진.

잠시의 침묵 끝에 송지하가 천천히 고개를 끄덕여 보였다.

"제가 손을 써보도록 하겠습니다."

"누구냐?"

"예?"

"누굴 죽이면 되냐고!"

엽자건의 단도직입적인 질문에 송지하의 안색이 딱딱하게 굳었다.

"동창 제독태감 구양 공공을 암살해 주십시오!"

"건청궁에 틀어박혀 있다고 하던데?"

"동창의 고수들에게 둘러싸여 있지만 금의위에서 오늘 밤 틈을 만들어낼 겁니다."

"그만 죽이면 되는 거냐?"

"황상께서는 현재 혼수상태에 빠져 계시다고 들었습니다. 계속 그리 계시는 게 억조창생과 국운을 위해 고마운 일이지 않겠습니까?"

"알겠다."

엽자건이 역시 짤막하게 대답하자 송지하가 정중하게 고개를 숙여 보였다.

예도로써 맺어진 사이.

비록 도원결의(桃園結義)를 하진 않았으나 진심으로 피를 나눈 형제 같다고 여겨왔다. 이제 자신을 위해 자객의 길을 떠나려 하는 엽자건에 대한 감정이 북받쳐 오르지 않을 수 없다.

툭! 툭!

엽자건이 손을 내밀어 송지하의 어깨를 한차례 도닥거려
줬다. 그의 마음을 충분히 이해한다는 뜻이었다.

그날 밤.

하늘 위엔 그믐달이 떴다.

여태까지와 달리 저녁밥을 두둑하게 챙겨 먹은 엽자건이
여전히 의식불명 상태인 유대유 앞에 섰다.

"선배님, 잠시만 자리를 비우겠습니다. 그리 오래 걸리진
않을 테니, 염려 마십시오."

"……."

유대유는 대답이 없었다.

第七十九章

십면매복(十面埋伏)

少林
棍王
소림곤왕

춘추각(春秋閣).

자금성의 내원으로부터 얼마 떨어지지 않은 장소인 이곳에는 근래 대소 문무대신들이 계속 오가고 있었다. 불귀옥을 빠져나온 대학사 엄숭의 임시 거처이기 때문이다.

엄숭과 함께 심각한 대화를 나누고 있던 병부 장관 여민찬의 눈에 이채가 어렸다.

"대학사, 손님이 온 것 같습니다."

"손님?"

엄숭이 의아한 표정을 짓자 여민찬이 손뼉을 가볍게 쳤다. 그러자 밖에서 군기 넘치는 목소리가 들려왔다. 보고였다.

"송지하란 자가 대학사님을 뵈러 왔습니다."

"송지하?"

반문하는 여민찬에게 엄숭이 슬쩍 손을 들어 보였다. 자신이 처리하겠다는 뜻이다.

여민찬이 얼른 알아들었다.

"들라 하라!"

"존명!"

복명성과 함께 춘추각의 문이 열리고 송지하가 천천히 모습을 드러냈다. 여전히 준수한 얼굴이나 안색이 좀 나쁘다. 내공이 금제된 까닭이리라.

여민찬이 엄숭의 눈치를 봤다. 송지하가 그의 심복임을 대충 눈치채고 있었기 때문이다.

엄숭이 한차례 고개를 흔들어 보이곤 송지하에게 말했다.

"갔던 일은 어찌 됐느냐?"

"오늘 밤 중으로 좋은 소식이 있을 거라 사료됩니다."

"그런가?"

"예."

정중하게 고개를 숙여 보이는 송지하에게 엄숭이 손을 내저어 보였다. 이만 물러가 보라는 뜻이다.

송지하가 머뭇거리다 질문했다.

"거사가 성공해야만 제 내공 금제를 풀어줄 생각이십니까?"

"내공 금제?"

"예, 이번 일만 성공하면 방법을 강구해서 제 내공의 금제를 풀어주시겠다고 하셨지 않습니까?"

"허허!"

나직한 웃음을 터뜨린 엄숭이 안색을 차갑게 굳혔다.

"유능한 녀석인 줄 알고 어여삐 여겼더니, 이리 멍청한 줄은 몰랐구나!"

"예?"

"네 내공을 금제한 건 구양백이다. 어찌 문사인 내가 손을 쓸 수 있겠느냐?"

"그, 그럼……."

"구양백에게 제압당했을 때 죽었어야지! 혀를 깨물어서라도!"

단호한 엄숭의 일갈과 함께 밖에서 고수 급의 군병들이 송지하에게 달려들었다.

퍽! 퍼퍽!

등과 허리를 발로 걷어차인 송지하가 비참하게 바닥에 무너져 내렸다. 내공을 잃었기 때문만은 아니다. 느닷없이 엄숭에게 버려진 정신적 충격에 일시 마음이 혼란스러워진 탓에 어이없을 만큼 쉽게 제압당했다.

분명 그래 보였다, 순간적으로는.

스윽! 슛!

일순 바닥에 널브러진 그의 긴머리를 잡아채 일으켜 세우

려던 군병의 목에서 피화살이 터져 나왔다. 옆에 있던 자 역시 마찬가지다.

빠르고 날카롭게 일어난 검광!

어느새 신형을 일으켜 세운 송지하의 손에는 봉황소검이 들려져 있었다. 미리부터 이 같은 상황을 어느 정도 예상해 준비하고 있었음이 분명하다. 이런 경우 오랫동안 어둠 속의 칼로 살아왔던 그에게 있어 내공의 유무는 그다지 큰 문제가 되지 않는다.

당연하달까?

그가 군병 둘을 죽인 것에 만족할 리 없다. 목적이 그렇게 작지도 않았다.

사사삭!

특기인 현란한 보법을 펼치며 송지하가 엄숭에게 파고들었다. 수중의 봉황소검이 섬뜩한 살기를 뿌린다.

그러나 그의 예측치 못했던 일도 있었다. 엄숭의 곁에 여민찬이 있음이었다.

스파앗!

그는 앉은 자세를 바꾸지도 않고 허리에 차고 있던 금도(金刀)를 빼들었다.

정교하고 힘찬 발도술!

병부의 장관 자리를 날로 차지한 건 아님을 알게 해주는 절도있는 동작이다.

더불어 움직인 다리!

금도를 피하느라 보법의 변화가 느려진 송지하의 다리를 걷어찬다.

퍼억!

무릎 관절이 꺾이는 걸 느끼며 송지하가 다시 바닥을 굴렀다. 다른 때 같았으면 곧바로 신형을 안정시켰을 터인데, 내공의 금제로 인해 그러지를 못한다.

그 순간 바닥에 널브러진 송지하에게 대여섯 명이 넘는 군병이 달려들었다. 이미 당한 바가 있다. 곧바로 발로 차고 관절을 제압하니 꼼짝없이 당할 수밖에 없다.

'엽 대형!'

송지하가 바닥에 얼굴을 묻은 채 내심 소리쳤다.

자신의 생사가 걱정되어서가 아니다.

엽자건과 곤왕 유대유가 걱정되었다. 그들이 대학사 엄숭에게 자신처럼 용도 폐기될 것임을 알기에 비통함이 더했다.

엄숭이 여민찬을 치하했다.

"여 장관, 아직 솜씨가 녹슬진 않았구만?"

"하하, 못난 솜씨를 보였습니다. 저자는 어찌 처리할까요?"

"곧 건청궁에서 대사를 치러야 하지 않는가? 먼저 피를 보는 건 상서롭지 못하니, 잠시 놔두도록 하세나."

"그러지요."

대답과 함께 여민찬이 군병들에게 명령을 내려 피눈물을

쏟으며 정신을 잃은 송지하를 끌고 가게 했다.

엄숭이 그 모습을 무심히 일견하곤 화제를 바꿨다.

"지금쯤 황보 대영반이 고생하고 있겠구만?"

"동창은 만만치가 않습니다. 하지만 황보 대영반과 금의위가 그동안 동창에게 쌓인 게 많지 않습니까? 아마 사력을 다해 건청궁의 방어진을 무너뜨릴 겁니다."

"마땅히 그래야지. 구양백이 죽으면 곧바로 건청궁으로 달려가 황상을 구해야만 할 것일세. 연평 왕야의 행방이 아직 묘연하니까 후사를 생각해야 하지 않겠는가?"

"소장도 그리 생각합니다. 그런데 섭정은 어찌할 작정이신지요?"

"공혜 황후께서 계시지 않은가? 그분께서 황실의 내정을 장악하시고 역적들을 모조리 일소하시기만 하면, 나머지는 자네와 내가 알아서 하면 될 것일세."

"하하, 과연 명철하십니다!"

공혜 황후는 엄숭의 수양딸로 가정제의 본처였다. 그녀가 섭정에 들어간다면 만사는 끝난 것이라 할 수 있었다. 구양백의 죽음과 함께 말이다.

*　　　　　*　　　　　*

점차 밤이 깊어가고 있는 시각.

엄숙함과 화려함만이 넘치던 자금성은 대낮이 무색할 만치 사방이 환했다.

그믐이라 봤자 별 소용 없다.

보보마다 살기가 넘치고 골목마다 고수와 병사들이 함께 조를 짜서 오가니 천하의 고수라 해도 몇 걸음 가지 못해 붙잡히고 말 터였다. 개미새끼 한 마리 빠져나갈 틈이 없다는 건 바로 이런 경우를 말하는 걸 거다.

예외도 있다.

바로 내부의 실력자와 교감을 나눈 자객이었다.

미리 송지하를 통해 금의위와 병부 장졸들의 방어 체계와 번을 도는 순서를 파악한 엽자건은 손쉽게 건청궁으로 향했다. 그것도 그의 놀라운 무위가 뒷받침되었기에 가능한 일이었으나 도움을 받았음을 부인할 수는 없겠다.

그렇게 그가 건청궁에 도착했을 때였다.

두 번째 와보는 장소.

저번에는 황제 가정제에게 완벽하게 당해 버렸다. 철저할 만큼 무너졌다.

그러나 지금은 여유가 없었다. 그 같은 상념에 빠질 새가 없었다. 눈앞에서 벌어지고 있는 난장판은 그럴 만한 상황이 아니라는 걸 확실하게 인지시키고 있었다.

파창! 파창!

쇄쇄쇄쇄쇄쇄쇄쇄액!

창칼이 교차하고 화살이 넘나든다. 화재를 걱정해 살에 불만 붙이지 않았을 뿐 내전이나 다름없는 싸움이 건청궁 앞을 어지럽히고 있었다.

방어하는 동창과 공격하는 금의위.

자금성의 방위와 황제의 안위, 관리의 감찰을 맡고 있는 양대 기관은 혈전을 마다치 않았다. 마치 철천지원수라도 만난 듯 서로를 죽이기 위해 기를 쓰고 있었다.

그럴 만하다.

충분히 있을 수 있는 일이었다.

지난 수십 년간 세력을 잡은 동창은 은연중 동급 기관인 금의위를 깔아뭉개곤 했다. 자신들의 하부 조직 취급을 하며 아주 무시하고 모멸감을 줬다.

당연히 그런 동창에 대한 금의위의 감정은 좋지 못했다. 기회만 주어진다면 모조리 몰살시키고 싶은 심정이랄까? 아무튼 그런 감정을 위아래에 걸쳐 가지고 있었다.

하물며 이번에 자금성에 벌어진 내전에는 두 기관의 생사존망이 걸려 있었다. 역모 사건이었다. 서로를 향해 죽기 살기로 칼부림을 해대지 않는 게 오히려 이상할 터였다.

"죽어!"

"너가 죽어라!"

"병신 고자 새끼가!"

"뭐라? 이 금포 입은 자라 녀석이!"

얼마 전까지 가지고 있던 기품과 절도 따위는 이미 사라진 지 오래다. 두 기관의 무사들은 입에 게거품까지 물어가며 욕설을 퍼부어댔다.

'보기 좋은 광경은 아니군.'

엽자건은 느닷없이 이런 개싸움이 난 이유를 안다. 자신의 자객행을 돕기 위해서 지금 금의위는 동창과 함께 피 흘리고 있는 것이었다.

그래도 아닌 건 아닌 거다.

예인 출신답게 황실 무장들에 대한 동경심을 살짝 가지고 있던 엽자건은 내심 고개를 가로저었다. 눈앞에 보이는 싸움은 결코 그가 연기했던 잡극의 영웅무장들과 같지 않았다. 대략 십팔만 리가량 떨어진 듯했다.

으쓱!

잠시뿐이었다.

곧 어깨를 한차례 추어 보인 엽자건이 세심하게 양측 기관의 싸움을 살피다 한줄기 바람이 되었다. 건청궁의 담을 두 번째로 뛰어넘은 것이다.

잠시 후.

손쉽게 건청궁에 침투한 엽자건은 의아한 표정이 되었다.

밖에서 벌어지고 있는 난리통과는 사뭇 다르달까?

건청궁의 내부는 지극히 조용했다.

흡사 살아 있는 사람 자체가 존재하지 않는 듯하다. 그런 지극한 고요함이 무겁게 드리워져 있었다. 변변한 호위병조차 보이지 않았다.

'황제는 어디로 간 거지?'

가정제는 그에게 평생 가장 충격적인 패배를 선사했다. 변명조차 하지 못할 만큼 압도적인 무력의 차이를 보여줬다. 밥맛이 없을 만큼 재수가 없었다.

그런 그의 기운이 건청궁에선 전혀 감지되지 않는다. 아예 존재 자체가 사라져 버린 듯하다.

대신 엽자건이 찾아낸 건 쇠약할 대로 쇠약해진 숨결이었다.

당장 숨이 끊긴대도 뭐라 할 도리가 없는 환자만이 건청궁을 홀로 지키고 있었다.

스슥!

엽자건은 한걸음에 환자에게 다가갔다. 자신의 예상이 맞는지를 확인하기 위함이었다.

"이게… 황제……?"

엽자건이 다가간 곳은 전날 가정제가 몇 명이나 되는 궁녀를 희롱하던 거대한 침상이었다.

그때와 변한 것은… 누워 있는 당사자!

황제라 불리는 절대자뿐이었다. 다 죽어가는 환자는 다름 아닌 가정제였던 것이다.

잠시 혼란에 빠져 버린 표정이 된 엽자건의 귓불이 갑자기 쫑긋 섰다.

십 장?

그보다는 조금 가깝다. 대충 팔구 장가량 되겠다.

그 짧지도 길지도 않은 거리 밖에서 엽자건의 배후로 다가 드는 인영이 있었다. 활성화시킨 기감으로부터 살짝 벗어나 있었던 것에서 할 수 있듯 초절정 급 이상의 고수다.

'뭐, 당연히 이렇게 나와줘야겠지. 그게 또 마음의 부담을 덜 수 있기도 하고.'

길게 생각할 필요도 없다.

도저히 전날 만났던 사람과 동일인이라 볼 수 없을 만큼 몸 이 말라비틀어진 가정제를 홀로 지키는 자의 정체는 뻔했다. 오늘 밤 엽자건을 자객으로 만든 당사자인 것이다.

슥!

문득 엽자건이 천천히 신형을 돌려 세웠다. 손에는 어느새 천간검이 쥐어져 있다.

이미 무형곤을 사용할 수 있게 되었다.

삼절마곤이 없다 한들 오호파천곤을 펼치는 데 지장은 없 었다.

그래도 그는 천간검을 역수로 쥐었다. 전장에서 즐겨 사용하 던 육합참마도법을 준비했다. 소림과 사부 보종의 자부심인 오호파천곤을 자객의 신분으로 사용하고 싶지 않았기 때문이다.

구양백이 엽자건을 알아봤다.

"그때… 그놈이구나!"

엽자건 역시 구양백이 낯이 익었다. 자신과 유대유를 향해 죽도록 화살을 쏘게 명령했던 밉살스런 늙은이의 얼굴을 며칠 만에 잊어버릴 리 만무하다.

"나쁘지 않군."

"나쁘지 않다?"

"당신한테는 빚이 있었거든. 그러니 전혀 모르는 자를 죽이는 것보다는 낫겠지."

"전문적인 자객이 아니라는 뜻이더냐? 하긴 전문적인 자객이었다면 혼자 몸으로 감히 건청궁에 뛰어들 생각을 하진 않았을 터!"

'웃!'

문득 구양백의 눈에서 일어난 백광에 엽자건은 정신이 아찔해지는 걸 느꼈다.

머릿속이 하얗게 탈색되는 기분이랄까?

잠시뿐이었다.

곧 그가 겉핥기로 배운 환몽사안이 발동되었다. 심령을 통해 파고드는 백룡선안의 기운에 강력한 반격을 가하더니, 일거에 몰아내 버렸다.

흔들!

더불어 엽자건 또한 움직임을 보였다.

부동무상을 펼쳐 일순 신형을 두 개로 분신시킨 엽자건의 천간검이 미리 준비하고 있던 육합참마도형을 만들어냈다.

아래에서 위로.

다시 좌에서 우로 빠르게 흘러내리는 검날.

명검의 검날에 맺힌 서슬 퍼런 살기가 순식간에 구양백을 두 토막으로 잘라 버렸다.

'얕아!'

엽자건이 눈살을 살짝 찡그렸다.

손맛이란 게 있다.

낚시 얘기가 아니다. 칼을 사용해 사람을 베는 전장의 살귀들이 쓰는 말이다. 인체에 존재하는 근골을 끊고 잘라내어 치명상을 가할 때 손으로 전달되는 감각을 이름이다.

시각과 청각에 마비가 오는 전장!

그 한복판에서 난전을 벌일 때 살귀가 된 자가 믿을 건 오로지 이놈밖엔 없다. 이 손맛이란 게 눈과 귀보다 훨씬 정확할 때가 많기 때문이다.

슥!

엽자건의 신형이 공중으로 뛰어올랐다.

대충 성인 사내의 키 높이가량?

그만큼을 뛰어오르며 천간검을 다시 내쳐 낸다. 눈이나 귀가 아니라 손맛에 의한 순간적인 판단이었다. 임기응변이었다.

"컥!"

이번에는 조금 낫다.

거의 무작위적으로 휘두른 천간검에 구양백이 비명을 질렀다. 엽자건의 반격 시 다시 백룡선안으로 혼란을 주고 사각으로 파고들려던 그가 딱 걸려들어 버렸다.

그러나 구양백은 천 년 묵은 구렁이 같은 효웅이다.

감각적으로 자신의 목젖을 베어오는 천간검을 피해 그가 바닥을 나뒹굴었다. 나려타곤이다. 그리고 입에서 터져 나온 휘파람 소리!

삐이이이익!

거의 동시에 바닥으로 떨어져 내린 엽자건을 향해 열 명의 무인이 우르르 몰려나왔다. 상관 구양백을 구하기 위해 열 가지나 되는 다양한 병기를 휘둘러왔다.

'뭐야? 이거 애초부터 날 잡으려고 십면매복(十面埋伏)이라도 펼쳐 놨던 거야?'

십면매복!

병가에서는 사방을 둘러싸고 겹겹이 복병을 두는 것을 뜻한다. 초한지(楚漢誌)의 제갈량이라 추앙받는 한신이 항우를 구리산에서 잡을 때 쓴 전술로 유명하다. 사면초가(四面楚歌) 역시 이때 나온 말이다.

하지만 무림에서는 이게 좀 다른 의미로 쓰인다.

천라지망의 축소판이랄까?

넓은 지역을 거미줄처럼 엮어내어 압박을 가하는 천라지망과 달리 십면매복은 일종의 합벽진이었다. 적은 숫자의 정예가 각자 독특한 병장기를 들고 한 명의 강적을 사지로 몰아넣는 전법인 것이다.

물론 엽자건은 이런 종류를 꽤 많이 안다.

전장 한복판에서 자주 경험해 본 바가 있었기 때문이다.

그가 놀란 건 이 열 명의 무인이 여태까지 자신의 이목 밖에 머물러 있었다는 점이었다.

어떻게 그럴 수 있었을까?

두 가지 가능성이 있다. 이들 개개인이 앞서 상대한 구양백에 버금가는 초절정고수이거나 건청궁 내부에 독특한 기관이 설치되어 있었거나.

엽자건은 그냥 후자로 결정 내렸다. 그렇지 않다면 오늘 이곳에서 뼈를 묻을 가능성이 농후한 까닭이었다.

스슥!

긴 설명과 달리 순식간에 내려진 결정이다.

잠시 십면매복진세를 살펴본 엽자건이 천간검을 왼손으로 넘겼다. 찰나간의 변화다.

빙글!

더불어 회전을 일으킨 신형.

일순 그의 텅빈 우수에서 형성된 무형의 기곤이 십면매복조의 일각을 때렸다.

쾅!

그리고 움직인 천간검.

단 일격에 세 명을 피떡으로 만든 오호파천곤의 뒷마무리를 천간검의 육합참마도형이 완성시켰다.

서걱! 서걱! 서걱!

연달아 제대로 손맛이 왔다. 말도 안 되는 오호파천곤의 위력에 흐트러진 진세를 천간검은 여지없이 휘저어 버렸다. 완전히 진세 자체를 결딴냈다.

"이, 이런 말도 안 되는……."

구양백이 침음과 함께 얼른 가정제가 누워 있는 침상으로 신형을 날리려 했다. 그를 미리 확보한 후 엽자건과 협상을 벌일 작정인 듯싶다.

'거참 대역무도한 자식일세!'

엽자건이 내심 혀를 차며 천간검을 날렸다. 우연찮게 익힌 이기어검으로 구양백의 행동을 제지하려 한 것이다.

번쩍!

구양백 역시 그냥 당하고만 있진 않았다.

그의 눈에서 다시 백룡선안이 폭발했다. 이번에는 강기의 형태로 천간검을 박살 내려 했다.

애석하게도 천간검은 천하의 보검이다.

또한 절대지경을 완성한 엽자건의 기경에 인도되고 있는 상황이기도 했다.

더욱 강해진 검빛.

순간 구양백의 백룡선안을 꿰뚫고 천간검이 그의 눈을 관통했다.

"크악!"

단말마다. 처참한 비명과 함께 구양백이 결국 가정제를 포기하고 건청궁 밖으로 달려나갔다. 밖으로 나가서 금의위와 혈전을 벌이고 있는 동창의 고수들과 합류하려는 판단이었다.

'늙은이가 참 끈질기네!'

엽자건이 눈살을 찌푸린 채 구양백의 뒤를 쫓았다. 그를 이대로 놓아줄 수는 없었기 때문이다.

그렇게 막 건청궁 밖으로 그가 빠져나왔을 때였다.

"크아아아악!"

거의 다 따라잡았던 구양백이 방금 전보다 더욱 큰 비명과 함께 바닥에 주저앉았다.

족히 수십 발이 넘으려나?

방금 전까지 금의위와 생사결전을 벌이고 있던 동창위사들의 각궁을 떠난 철시들이 구양백의 몸을 산적꼬치로 만들었다. 완전히 난도질을 해버린 것이다.

"어?"

엽자건이 놀라고 있을 때였다.

동창 첩형 조개가 애꾸가 된 눈에 광기를 담은 채 소름 끼치는 대소를 터뜨렸다.

"크하하하핫! 더러운 늙은이, 네가 감히 날 이렇게 만들어 놓고 잘살 줄 알았더냐! 이제 네 세상은 끝났다!'

'배신인가……'

엽자건은 조개를 모른다. 스쳐 가듯 한차례 만난 게 전부였다. 그러나 권력의 속성은 잘 알고 있다. 가끔 이런 말도 안 되는 배신이 벌어진다는 것과 함께 말이다.

그때다.

대소를 멈춘 조개를 향해 피떡이 된 구양백이 달려들었다. 최후의 진력을 폭발시켜 그와 동귀어진(同歸於盡)을 하려 한 것이었다.

그러나 이번엔 금의위가 나섰다. 언제 죽기 살기로 싸웠냐는 듯 동창과 한 무리가 되어 있던 그들이 주무기인 장창과 대도를 휘둘러 구양백을 다시 난도질했다. 아주 끝장을 내버렸다.

그와 동시다.

푸확!

일순 몸이 급격히 팽창한 구양백이 폭발했다. 그에게 마지막으로 손을 썼던 금의위의 무장 십수 명을 자신의 피와 살로 폭사시켜 버린 것이다.

"으아악!"

"크아악!"

"와아악!"

피해는 거기에서 그치지 않았다.

단숨에 절명한 십수 명의 무장 외에 부근에 있던 몇십 명의 동창과 금의위 무인들이 마구 비명을 질러대며 바닥을 뒹굴었다. 아주 끔찍한 광경이었다.

─천참만륙멸신공!

잊혀진 고대마교의 유물이다.

한때 신조차 죽일 수 있다 알려졌던 자폭공으로 구양백은 자신의 명을 끝마친 거다.

슥!

뒤늦게 천간검을 회수한 엽자건이 내심 고개를 가로저었다.

'이미 동창에 내부 조력자가 있었으면서 왜 날 자객으로 고용한 거지? 뭐, 구양백이 꽤 강하긴 했지만 이 정도로 치밀하게 준비했다면 오늘 밤 대세를 장악하는 건 그리 어렵지 않은 일이었을 터인데……'

오싹!

엽자건은 갑자기 등골이 시려왔다. 기분 역시 매우 언짢다. 눈앞에서 구역질나는 배신이 그의 위기 감지 능력을 아주 심각하게 자극해 왔다.

본래 좋지 않은 예감은 아주 높은 확률로 맞는다. 전장에서는 더욱 그러하다.

자금성.

현재 엽자건에겐 가장 무섭고 추잡한 전장이었다.

그때 마치 그의 더러운 예감을 확인이라도 시켜주려는 듯 은연중 엽자건을 중심으로 포위진을 편 동창과 금의위의 고수 수백 명이 일제히 창칼과 각궁을 들이댔다. 구양백과 동격으로 그를 대접해 주기로 했음이 분명하다.

"망할!"

엽자건이 한숨을 입가에 매달았다.

아직 그믐밤이다.

달빛도 없고 별빛 역시 그리 많지 않은데, 엽자건의 현재 심사만은 못한 듯싶다. 아주 시커멓게 타다 못해 잿더미가 되어버린 숯검댕이 마음 말이다.

문득 금의위의 수장인 대영반 황보굉이 위엄 넘치는 목소리로 명령했다.

"대역죄인을 참하고 황상을 구출하라!"

"우와앗!"

조개 역시 뒤처질세라 소리친다.

"대역죄인이다! 대역죄인을 죽여서 공을 세워라!"

"존명!"

방금 전까지 죽자 사자 싸워대더니 참 죽도 잘 맞는다. 아주 최고다, 최고.

'그 황상, 지금 잠만 잘 처자고 있던데?'

내심 점잖게 항변한 엽자건이 천간검을 역수로 쥐었다. 문득 유대유와 송지하가 걱정되었으나 지금은 참기로 했다. 일단 살고 봐야 할 터였기 때문이다.

쇄쇄액!

이번에도 지긋지긋한 각궁이다. 자신에게로 날아드는 철시를 향해 엽자건이 맹렬히 천간검을 휘둘렀다.

* * *

그믐이라 그런가?

무수히 많은 전각군을 자랑하는 창룡 남궁검가는 깊은 어둠 속에 잠겨 있었다. 다른 때보다 훨씬 어둡다.

그 어둠 속을 거니는 그림자 하나가 있었다. 집으로 돌아온 지 얼마 안 되는 남궁수였다.

사부작! 사부작!

평소와 달리 무복이 아니라 가벼운 화복을 걸치고 정원으로 나선 남궁수의 모습은 사뭇 여성스럽다. 봄꽃 같다. 부드러우면서도 황홀한 몸의 곡선이 은은히 드러나는 궁장의 특징 때문인 듯싶다.

아쉬운 건 지금이 그믐밤이라는 것이다.

그녀의 세상을 놀라게 만들 만한 여성스러움과 아름다움은 어둠 속에 갇혀 본래의 빛을 십분 발휘하지 못하고 있었다. 보는 이가 없어 찬양과 감탄사가 터져 나오지 않는 것과 함께 매우 안타까운 노릇이라 아니 할 수 없겠다.

그래도 괜찮다.

화복 차림의 남궁수는 압도적으로 아름다웠다. 아주 여성스러웠다. 특히 표정이 그렇다.

"하아!"

입가에 맴도는 한 자락 한숨, 그 속에 담긴 것은 애환인가, 정한인가? 잠시 흑색의 밤하늘을 올려다보던 남궁수가 고개를 가볍게 흔들어 보였다.

심장에 자리 잡았던 자고를 잠재운 지 오래.

지독스럽던 고통은 완전히 사라졌다. 거짓말처럼 없어졌다. 더 이상 그녀를 괴롭히지 못했다.

무공 역시 진보했다.

오랫동안 정체되어 있던 구유한백신공을 대성했다.

엽자건에게 전수받은 세수경의 묘리를 궁구하다 보니, 아주 쉽사리 마지막 심마의 벽을 뛰어넘을 수 있었다. 아주 오랫동안 바라 마지않았던 무학의 드높은 경지에 들어설 수 있게 된 것이다.

그런데 이 답답한 심경은 무언가? 왜 시간이 갈수록 사무치도록 누군가가 그리운 것인가? 자고는 분명 잠자고 있을 터인데… 분명 그리되었을 터인데…….

남궁수가 천천히 고개를 가로저었다.

문득 자신이 완전히 변해 버렸다는 생각이 든다. 다시는 예전의 검만 알던 소녀로는 돌아가지 못할 것 같다. 어느날 불쑥 찾아든 변화였다.

'아무래도 나는 돌아가야겠다. 이 답답한 심경을 묻기 위해 다시 그분에게 돌아가야겠다. 그래야만 하겠어……'

간단하다.

지극히 단순한 결론이었다.

하지만 아주 먼 길을 돌아서야 내놓은 결론이기도 했다. 지난 수개월간 한 번도 경험해 본 적이 없던 감정의 격류 속에서 홀로 괴로워하고 힘겨워하며 내린 결론이었다. 어쩌면 자신의 감정이 모조리 거짓이고, 진짜가 아닐지도 모른다는 불안감을 떨치고 내놓은 결론이었다.

이젠 아니다.

결론을 내놓은 순간부터 그녀는 당당해졌다.

더 이상 불안감에 몸을 떠는 나약한 여인이길 거부하게 되었다.

백의검후 남궁수!

강북을 대표하는 미녀이기 이전에 검의 극의를 궁구하는 여행자는 다시 날을 세웠다.

무인으로서가 아니다. 검객으로서도 아니다.

그녀는 한 명의 장성한 여인으로서의 자신을 받아들였다. 있는 그대로의 현실을 받아들였다. 그로 인해 과거가 아닌 미래로의 길을 걸어가겠다고 마음먹은 것이다.

'그런데 그분이 날 거부하면 어떡하지?'

쓸데없는 고민이다. 어처구니없는 고민이었다.

사락!

갑자기 새로운 고민거리에 빠져든 남궁수의 귀밑머리를 짓궂은 밤바람 한 자락이 훑고 지나갔다. 그녀의 천진스런 모습이 너무나도 귀엽다는 듯이.

〈제8권 끝〉

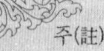

주(註)

초한지:초한지(楚漢志) 혹은 초한연의(楚漢演義)라 불리는 중국의 역사소설이다. 진나라 말기 초나라 항우와 한나라 유방의 라이벌 관계를 묘사하고 있다. 유비의 조상인 유방이 한나라를 일으키고, 초나라의 항우가 대립한다. 진승과 오광이라는 자가 반란을 일으켰으나, 진승은 망하고 만다. 뒤에 오추마, 우미인, 항우가 죽는다. 그리고 한나라가 시작된다.

천마검섭전

임준후 新무협 판타지 소설

一天魔劍葉傳

철혈무정로 1부

인세에 지옥이 구천되고 마의 군주가 현신하면
그 누구도 그를 막지 못하리라!
이는 태초 이전에 맺어진 혼돈의 맹약, 육신에 머문 자나
육신을 벗은 자나 누구도 피할 수 없는 구속의 약속일지니……

주검과 피, 그리고 살기가 강물처럼 흐르는 전장에서
본연의 힘을 되찾게 되는 신마기!
신마기의 주인은 전장을 거칠 때마다 마기와 마성이 짐점 더 강해져
종국에는 그 자체로 마(魔)가 된다……

제어되지 않는 신마기…
이는 곧 혼돈의 저주, 겁화의 재앙이다!

유행이 아닌 자유추구 -
WWW.chungeoram.com
Book Publishing CHUNGEORAM

일류 新무협 판타지 소설

天山魔帝

천산마제

내일을 기약할 수 없는 땅, 천산.
소녀로부터 은자 한 닢의 빚을 진 소년 용악.
청년이 된 용악은 천산의 하늘이 된다.

하늘을 가르고 땅을 뒤엎는다!
한 호흡에 만 개의 벽(壁)!!
지금껏 내게 이빨을 드러낸 것들은 모두 죽었다.

은자 한 닢의 빚을 갚으며 시작된
십천좌들과의 승부.
오너라! 천산의 제왕, 천산마제가 여기 있다!

유행이 아닌 자유추구 -
WWW.chungeoram.com
Book Publishing CHUNGEORAM

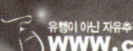

유행이 아닌 자유추구 -
WWW.chungeoram.com
Book Publishing CHUNGEORAM

長虹貫日
장홍관일

월인 新무협 판타지 소설

세상은 언제나 정의가 승리하고,
그래서 사필귀정(事必歸正)이라고?

개소리!

세상은 나쁜 놈들이 지배하지.
그러나 그놈들은 아주 교활해서 절대로 나쁜 놈처럼 안 보이지.
현재 무림을 지배하고 있는 백도의 어떤 인간들처럼…….

암제혈로

설경구
新무협 판타지 소설

―떠나세요, 가능한 한 멀리.
―하나만 기억하세요. 일단 살아남아야 후일을 도모할 수 있습니다.
―떠나.

오랫동안 연락이 두절되었던 이들이 약속이라도 한 듯 찾아와
꺼낸 이야기들과 함께 시작되는 집요한 추적.
그리고 거대한 음모에 휘말려 억울한 누명을 쓴 채로
오직 살아남기 위해 필사적으로 도주하는 한 사내, 진가흔.

"왜 하필 나입니까?"
"자네가 가장 적당하기 때문이지."
"아시겠지만 그를 죽인 것은 제가 아닙니다."
"물론 알고 있네. 그런데 말일세… 그래도 그를 죽인 것이 자네라는
사실은 변하지 않네."

누구를 믿어야 할까.
적이도 명확하지 않은 상황에서 이유조차 모른 채 도주하던
한 사내의 역습이 시작된다.

유행이 아닌 자유추구 -
WWW.chungeoram.com
Book Publishing CHUNGEORAM